P9-DCE-688

A MERCED DEL DESEO

Tara Pammi

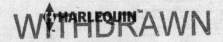

Editado por Harlequin Ibérica.
Una división de HarperCollins Ibérica, S.A.
Núñez de Balboa, 56
28001 Madrid

© 2018 Tara Pammi
© 2019 Harlequin Ibérica, una división de HarperCollins Ibérica, S.A.
A merced del deseo, n.º 2675 - 23.1.19
Título original: Blackmailed by the Greek's Vows
Publicada originalmente por Harlequin Enterprises, Ltd.

I.S.B.N.: 978-84-1307-360-6
Depósito legal: M-35052-2018
Impresión en CPI (Barcelona)
Fecha impresion para Argentina: 22.7.19
Distribuidor exclusivo para España: LOGISTA
Distribuidor para México: Distibuidora Intermex, S.A. de C.V.
Distribuidores para Argentina: Interior, DGP, S.A. Alvarado 2118.
Cap. Fed./Buenos Aires y Gran Buenos Aires, VACCARO HNOS.

Capítulo 1

IBA VESTIDA como una... fulana.

Aunque ninguna fulana tenía la clase, el estilo y la elegancia innata que emanaba de cada uno de los movimientos que hacía su esposa.

Era más bien una señorita de compañía de alto nivel.

Kairos Constantinou tardó unos segundos en enfocar la silueta roja que descendía frente a él.

Dios... No era aquella la estrategia que esperaba que su esposa pusiera en práctica, una mujer impulsiva y pasional.

No se había sorprendido cuando su detective privado le informó de que había localizado a Valentina y que ella iba a asistir a la fiesta que Kairos celebraba en su yate esa misma noche.

Valentina siempre había sido el alma de la fiesta en las celebraciones de Milán.

Alegre, sensual; Kairos había decidido que la deseaba nada más verla. Desde el momento en que Leandro, el hermano de ella, le había señalado quién era.

Ella era el mejor incentivo que Leandro podía haberle ofrecido para que Kairos considerara la alianza. Kairos entraría en el exclusivo mundo de las alianzas de la dinastía Conti, y ella conseguiría un esposo rico.

Excepto que, tras una semana de matrimonio, él se percató de que su esposa no era más que un trofeo.

Era una mujer emocionalmente intensa, vulnerable e impulsiva.

Y la mejor prueba de ello era que nueve meses atrás lo había abandonado sin decirle una palabra.

Valentina estaba acompañada por mujeres que se dedicaban a la profesión más antigua conocida por un hombre. No eran prostitutas de la calle, como algunas de sus antiguas amigas, sino señoritas de compañía.

Y entre todas las mujeres, la que iba vestida de forma más provocativa era Valentina, que llevaba un vestido de gasa dorado.

El vestido tenía un escote bajo y dejaba sus hombros y brazos bronceados al descubierto. También realzaba aquellos senos que él había acariciado, besado y lamido mientras ella se retorcía bajo su cuerpo.

Al ver las sonrisas que ella dedicaba a los hombres que estaban a su lado, entre ellos su amigo Max, mientras gesticulaba y les contaba alguna aventura, se quedó paralizado.

La actitud distante que siempre le había servido como armadura era su única defensa.

Aquello era puro deseo. Deseo físico. Nada más.

Él todavía la deseaba desesperadamente porque era Valentina y, a pesar de su carácter explosivo y sus rabietas infantiles, no conseguía dejar de pensar en ella.

La necesitaba como esposa durante unos meses. Y después la olvidaría y la sacaría de su vida.

Si Valentina Conti Constantinou había pensado que Kairos, su marido, había acudido a su yate para conseguir un encuentro romántico entre ellos, él le quitó la idea desde un primer momento.

El hecho de descubrir que ella había ido acompañada de Nikolai, su amigo fotógrafo, resultaba bastante molesto como para, además, comprobar que ella estaba rodeada de señoritas de compañía y de hombres que esperaban que ellas los entretuvieran.

Valentina enderezó los hombros, le pidió a Nikolai que la acompañara durante la velada, y comenzó a coquetear con los inversores rusos que habían acudido a la fiesta. Era lo único que sabía hacer. Quizá había vivido sin nada durante meses, pero tenía clase. Años de práctica jugando a ser una mujer de mundo, muy versada en moda y en política.

Hasta que Kairos entró en el barco.

Tras un corto sorbo de *gin-tonic*, ella asintió cuando Nikolai le susurró algo al oído y mantuvo una firme sonrisa.

Desde el momento en que Kairos apareció en la cubierta, todo su cuerpo se rebeló contra la calma que había tratado de mantener.

Valentina deseaba anunciar a todo el mundo que Kairos le pertenecía.

Aunque en realidad nunca le había pertenecido.

Los hombres se arremolinaron junto a Max para que les presentara a Kairos y las mujeres enderezaron la espalda mostrando sus escotes. Era como si la masculinidad que emanaba del cuerpo de Kairos fuera una seductora caricia para ellas.

Su camisa blanca marcaba su espalda musculada y resaltaba su atractivo. Tenía las caderas estrechas y las piernas largas y musculosas.

Él deslizó la mirada sobre su cuerpo, despacio, de forma posesiva.

Sus ojos se posaron sobre sus piernas, sus muslos, su cintura Después sobre sus senos, el cuello y, finalmente, la cara.

Con una sola mirada, él la llevó a un estado de inesperado anhelo.

Temblando por dentro, olvidándose de todo el dolor que él le había producido, Tina alzó la barbilla en modo desafiante.

A él nunca le había gustado que ella vistiera de forma provocativa. Ni tampoco la manera relajada en que se relacionaba con otros hombres, ese coqueteo que mostraba de forma natural al hablar.

Stella, una mujer rubia de grandes pechos, se acercó a Kairos y le dio una palmadita en el brazo. Él sonrió y miró a otro lado, en una clara actitud de rechazo.

A Tina se le llenaron los ojos de lágrimas y, rápidamente, miró a otro lado para que nadie pudiera verla.

Nueve meses antes le habría dado una bofetada a aquella mujer. Al recordar que una vez se la había dado a Sophia, su cuñada, después de un ataque de celos, se estremeció. Había gritado y montado un espectáculo, demostrándole a Kairos y al resto del mundo lo loca que estaba por él.

Nueve meses antes, había creído que Kairos se había casado con ella porque la deseaba, porque sentía algo por ella, aunque no se lo dijera con palabras.

No era así. Él se había casado con ella como parte de una alianza con su hermano Leandro, e incluso después de haber aprendido la amarga verdad, ella habría podido darle una segunda oportunidad a su matrimonio.

Pero Kairos no tenía corazón.

Ella se había humillado a sí misma, se había postrado a sus pies. Y no había sido suficiente.

–Así que has terminado con él, con ese marido de mirada amenazadora.

–Sí –dijo Tina automáticamente. Y entonces deseó no haberlo hecho.

Cuando la fiesta ya tocaba a su fin, Valentina entró en la cabina con la excusa de ir al baño y se escondió en el bonito dormitorio decorado en gris y azul. Sentía que todo su cuerpo había reaccionado ante la presencia de Kairos.

Era muy cansado fingir ser una chica estoica e insensible. Y guardar todo el dolor, la rabia y la nostalgia en un rincón del corazón.

Nikolai la había seguido.

A pesar de que durante los dos últimos meses se había dado cuenta de que Nikolai era inofensivo, esa noche estaba borracho. Hacía mucho tiempo que su hermano Luca le había enseñado a no confiar en un hombre bebido.

–Voy a pedirte un taxi –le dijo ella a Nikolai, y sacó su teléfono móvil.

–O mejor pasamos la noche aquí, Tina, *mi amore*. Ahora que tu relación con el mafioso griego ha terminado de verdad.

A Tina le retumbaba la cabeza. Apenas había bebido casi agua. Su cuerpo y su mente estaban enfrentados por culpa de Kairos. Lo último que necesitaba era tener a Nikolai tirándole los tejos.

–Kairos y yo no estamos divorciados. Además, no estoy interesada en mantener una relación.

–Me he fijado en él esta noche, *cara mia*. Ni siquiera te ha dedicado una mirada. Como si fuerais unos perfectos desconocidos. De hecho, parecía muy interesado en esa zorra de Stella.

–Por favor, Nik. No le llames esas cosas.

–Tú llamaste cosas mucho peores a Claudia Vanderbilt por casarse con un hombre de sesenta años.

Tina se sintió avergonzada.

Había sido una mujer privilegiada y se había comportado muy mal. Debía mantener a Nikolai en su vida. Si no, él continuaría recordándole lo bicho que había sido en otro tiempo.

Mientras Valentina sujetaba el teléfono, Nikolai se acercó. Valentina se quedó paralizada al sentir sus manos sobre las caderas.

–Por favor, Nikolai –le agarró las manos–. Me gustaría mantener al único amigo que me queda.

–Has cambiado mucho, Tina. ¿Has pasado de ser una víbora venenosa a... –el olor a alcohol salió de su boca al respirar hondo– un corderito inocente? ¿Una encantadora gacela?

Antes de que Tina pudiera apartar las manos de Nikolai, él las retiró. Se tambaleó y cayó sobre la cama, resbaló y soltó un quejido.

Tina se volvió con la respiración acelerada.

Capítulo 2

KAIROS permaneció de pie junto a la puerta. Una vez más mostraba ese sosiego que parecía contener pasión, violencia y emoción. Valentina sintió que una mezcla de emociones la invadía por dentro. Se arrodilló junto a Nikolai, y comenzó a acariciarle la cabeza.

El aliento de Nikolai olía a alcohol, pero fue la sensación de tener la mirada gris clavada en la espalda lo que provocó que se le pusiera la carne de gallina.

Al oír que mascullaba una palabra malsonante, trató de ignorarla, igual que trataba de ignorar el latido acelerado de su corazón.

–¿Qué haces?

Habían pasado nueve meses desde la última vez que lo vio. Nueve meses desde que él había hablado con ella. Había perdido la esperanza de que él fuera a buscarla después del primer mes.

–Buscar un chichón.

–¿Por qué?

Ella resopló.

–Porque es mi amigo y me preocupa lo que le pase.

Tina miró a Nikolai y suspiró. Era su amigo. Él le había conseguido un trabajo en una agencia de moda cuando ella regresó de Milán a París, dispuesta a admitir su fracaso. También le había encontrado un lugar donde alojarse con otras cuatro chicas.

No lo hizo porque tuviera buen corazón. Quizá, incluso quería acostarse con ella.

–Tú no tienes amigos. Al menos, no tienes amigos de verdad. Las mujeres frívolas buscan tu aprobación respecto a la ropa y los zapatos. Los hombres por...

Era cierto. Y resultaba doloroso. Como si estuvieran presionándole en el pecho.

–No te contengas, Kairos –comentó ella.

–Porque asumen que serás salvaje y apasionada en la cama. Que en el sexo también mostrarás tu pasión y falta de autocontrol. En cuanto tu amigo consiga lo que quiere, habrá terminado contigo.

–Soy vana y superficial, sí, pero lo que ves es lo que hay. No hago falsas promesas, Kairos.

–Yo nunca te he hecho una promesa que no haya cumplido. Cuando me casé contigo le prometí a tu hermano que te mantendría, y lo cumplí. La noche de bodas te prometí que te daría placer, tal y como no habías experimentado jamás, y creo que cumplí mi promesa.

«Nunca dije que te quería».

Sus silenciosas palabras permanecieron en el ambiente.

Valentina había sido muy ingenua y había construido una historia de amor alrededor de aquel hombre.

Al no encontrar ningún chichón en la cabeza de Nikolai, suspiró aliviada. Él se quedó dormido con la cabeza apoyada sobre su pecho.

–Déjalo solo –comentó Kairos.

Ignorándolo, ella se puso en pie y agarró a Nikolai por debajo de los brazos.

–Muévete, Valentina.

Antes de que ella pudiera pestañear, Kairos cargó a Nikolai sobre su hombro y la miró arqueando una ceja.

Kairos la había agarrado así en una ocasión, después de que ella saltara a la piscina delante de todos sus compañeros de empresa. Él la había desnudado y la había metido bajo una ducha de agua fría. La rabia se desprendía de su mirada. Y, cuando la sacó de la ducha y la secó, la rabia se transformó en pasión.

Valentina miró hacia otro lado para no seguir recordando.

–Ahora que el pobre idiota ha cumplido su objetivo, ¿puedo tirarlo por la borda?

–¿Su objetivo?

–Lo has utilizado para ponerme celoso Bailando con él, riéndote de sus bromas, tocándolo para exasperarme. Lo has conseguido, así que ya no lo necesitas.

–Ya te lo he dicho, Nik es mi amigo –lo miró y se sonrojó–. Y esta noche no he hecho nada pensando en ti. Mi mundo no gira en torno a ti, Kairos. Ya no.

Él se encogió de hombros y dejó a Nikolai sobre la cama.

–Por favor, ahora déjame.

–Basta, Valentina. Ahora tienes toda mi atención. Cuéntame, ¿de veras tienes un contrato con el servicio de señoritas de compañía, o ha sido una representación para llevarme al límite?

–¿Me estás preguntando si he estado prostituyéndome todos estos meses?

–Al principio pensé que quizá no, pero conociendo tus tendencias viciosas, ¿quién sabe cómo de lejos podrías llegar para darme una lección o para que te hiciera caso?

Ella se dirigió a la puerta y la abrió.

–Márchate –le dijo a Kairos.

–No vas a quedarte aquí con él.

–He estado haciendo lo que quiero desde el día que te dejé hace nueve meses. Desde que me di cuenta de que nuestro matrimonio es una farsa, así que es un poco tarde para jugar a ser un marido posesivo.

–Entonces, es bueno que no me creyera todas tus apasionadas declaraciones de amor, ¿no?

La rabia que desprendía su voz fue como una bofetada. Ella lo miró boquiabierta.

–No quiero más patéticas muestras de celos. Ni grandiosas declaraciones de amor. Nada de meterte con mis amigas y darles un bofetón. A partir de ahora, los dos podemos relacionarnos en el mismo plano.

–No, Kairos. Eso ya se acabó.

Ni siquiera tenía dinero para un taxi, pero si había aprendido algo durante los últimos nueve meses de independencia era que podía sobrevivir. Podía sobrevivir sin ropa y sin zapatos de diseño, sin la villa Conti, los coches elegantes y la vida de lujo. Recogió el bolso de la cama y el teléfono del suelo.

–Si no te vas, me iré yo.

–No te vas a ir vestida como una fulana, buscando clientes al amanecer.

–No quiero...

–Te cargaré al hombro y te encerraré en el camarote de lujo.

–Está bien. Hablemos –dejó el bolso sobre la cama y miró a Kairos–. O, mejor aún, ¿por qué no llamas a tu abogado y le pides que traiga los papeles del divorcio? Los firmaré ahora mismo y no tendremos que volver a vernos.

Él no se sorprendió, pero a Tina le dio la sensación de que se había puesto alerta.

¿Qué pensaba que significaba el hecho de que ella lo hubiera dejado?

Él se desabrochó los gemelos. Eran de platino, ella se los había regalado por sus tres meses de casados utilizando la tarjeta de crédito de su hermano. Tina se fijó en sus largos dedos y en su palma llena de callos. Él no utilizaba guantes cuando levantaba pesas. Era una mano fuerte y poderosa; sin embargo, cuando le acariciaba las partes más sensibles del cuerpo, era capaz de hacer movimientos delicados.

Una fina capa de sudor le cubrió el cuerpo.

No podía soportar que él la tocara.

–¿Qué tengo que hacer para que te creas que he terminado con este matrimonio? ¿Que ya no me comporto con la idea de llamar tu atención?

–¿Era eso lo que hacías durante nuestro matrimonio?

Ella se apoyó contra la pared, se encogió de hombros y dijo:

–Quiero hablar contigo sobre el divorcio.

–¿De veras lo quieres?

–Sí. Nuestra relación no era sana y no quiero vivir así más tiempo.

–Así que Leandro te ha informado del dinero que recibirás, ¿no?

–¿Qué?

–Tu hermano se ha asegurado de que recibas una gran parte de todo lo que yo tengo si nos separamos. Si no lo recuerdo mal, fue muy insistente –se encogió de hombros–. Quizá Leandro sabía lo difícil que sería para cualquier hombre seguir casado contigo.

–¿Crees que así me haces daño? Leandro... –se le entrecortó la voz–. Él me ha criado, prácticamente. Me quiso cuando podía haberme odiado por el hecho de que nuestra madre los hubiera abandonado a Luca y a él. Y yo lo he apartado de mi vida porque me consideraba tan poca cosa que tuvo que sobornarte para que te casaras conmigo. Entre todo lo que he aprendido, Kairos, lo principal es que este matrimonio y todo lo que consiga cuando nos divorciemos no significa nada para mí.

–¿Y cómo te pagarás la ropa y los zapatos de tacón de diseño?

–No he tocado tus tarjetas de crédito desde hace meses. Tampoco he usado ni un solo céntimo de Leandro o Luca. Incluso la ropa que llevo pertenecía a Nikolai.

–Ah –él la miró de arriba abajo y asintió hacia el hombre que roncaba en la cama–. Por supuesto, ahora te viste tu chulo.

–Nikolai no es mi chulo y me ha engañado para que creyera que lo de esta noche solo era una fiesta.

–He de admitir que solo Valentina Constantinou puede conseguir que un vestido ceñido y vulgar parezca estiloso y sofisticado. Sin embargo, ese talento no sirve de mucho, ¿verdad? París te desgastó y te devolvió a Milán después de tan solo dos meses.

Desde entonces, has estado lamiendo las botas de todos los de la revista de moda. Llevando café a esas
arpías de la alta sociedad, cuando habías sido su abeja
reina, haciendo recados bajo la lluvia para fotógrafos
y modelos que te admiraron durante años... –la miró
con desdén–. ¿Ya has tenido bastante realidad? ¿Estás
preparada para regresar a tu vida de lujo?

A ella no le sorprendía que él supiera a qué se había dedicado durante los últimos meses.

–No me importa cuánto tarde, tengo intención de...

–¿Ese es el motivo por el que has decidido probar
suerte en la profesión más antigua del mundo?

–Fuiste tú el que me compró a Leandro, ¿lo recuer-
das? Si alguien me ha convertido en una mantenida,
Kairos, has sido tú –todo su dolor se manifestaba en
sus palabras.

–No te cortejé con engaños. No te llevé a la cama
pensando que así podría acercarme más al puesto de
director ejecutivo de la junta directiva de Conti.

Él tiró de ella y Tina cayó sobre él boquiabierta. Al
sentir sus fuertes músculos contra los senos, se estremeció.

–Créeme, *pethi mu*, si hay algo en nuestro matrimonio en lo que ambos estemos de acuerdo es en la
cama.

La sujetó por la nuca con posesividad.

–Fuiste tú la que rompió nuestros votos de matrimonio, Valentina. Fuiste tú la que reconoció su amor
con declaraciones apasionadas y gestos desmesurados,
ne? Una y otra vez. Yo solo quería un matrimonio ci-
vil. Entonces, como la niña mimada que eres, te esca-
paste porque tu mundo de fantasía, donde gobernabas

como reina mientras yo me rendía a tus pies, se desmoronó. No dejaste ni una nota. Ni un mensaje. Le dijiste a mi guarda de seguridad que estabas visitando a tus hermanos. Yo te imaginaba secuestrada y esperaba que pidieran un rescate. Imaginaba que tu cuerpo yacía en una morgue tras haber sufrido un accidente. O que una de las personas a las que habías ofendido con tus crueles palabras había llegado al límite y te había retorcido el cuello.

Valentina lo miró con el corazón acelerado. Él le apretó el cuello con los dedos.

—Hasta que Leandro sintió lástima por mí y me informó de que simplemente me habías dejado, que habías roto nuestro matrimonio.

Tina se apoyó contra la pared. Tenía una extraña sensación en el vientre.

—Yo... lo siento. No pensé que...

—Demasiado tarde.

Él tenía razón. Al menos, se merecía una explicación.

—Estaba furiosa contigo y con Leandro. Acababa de enterarme de que yo no era una Conti, sino una hija ilegítima que mi madre tuvo con su chófer. Que te casaste conmigo como parte de un maldito trato. Has tenido nueve meses para venir a buscarme.

Aquellas palabras escaparon de su boca con desesperación.

Y así, sin más, todo atisbo de emoción desapareció de la mirada de Kairos. Al momento, dio un paso atrás y dejó de tocarla.

—En cuanto Leandro me informó de lo que habías hecho, dejé de pensar en ti. Tenía otros asuntos más

importantes que tratar antes de perseguir a mi impulsiva esposa por Europa.

–*Bene*. Tú tenías asuntos importantes y yo tiempo
suficiente como para pensar bien mi decisión. He tenido nueve meses para darme cuenta de que lo que
hice de forma impulsiva fue lo correcto. No me importa si vas a pagarme una pensión conyugal o no,
porque no pienso tocarla. Tengo intención de salir
adelante por mí misma.

–¿Prostituyéndote entre los inversores rusos? ¿Vis-
tiéndote como una zorra barata? Admítelo, Valentina.
En nueve meses no has llegado a ningún sitio, excepto
a acompañar a ese payaso que quiere acostarse contigo. No tienes talento. Tus contactos eran lo único
valioso que tenías.

–Lo sé. Créeme, he aprendido un montón de leccio-
nes durante estos nueve meses. Lo único bueno de esto
es que has perdido todos los contactos que creías que
yo te proporcionaría como heredera de la familia Conti.

–Tus hermanos no te han desheredado.

–He cortado toda relación con ellos. Con esa vida.
Ya no te soy de utilidad.

–Ah... ¿así que esa es tu venganza? ¿Negarme lo
que yo pensaba conseguir al distanciarte de tus hermanos de forma temporal?

–Kairos, das mucho crédito a mi persona y al papel
que tienes en mi vida. Yo quiero a mis hermanos. Cada
día que paso separada de ellos se me rompe el corazón, pero es el precio que tengo que pagar para poder
mirarme al espejo.

–Nuestro matrimonio no terminará hasta que yo lo
decida.

–Lo único que quiero es una firma en un papel. Pídeme mi firma para rechazar la pensión conyugal que Leandro dictó para mí y firmaré. Haré todo lo que me pidas para liberarme de este matrimonio. Ya me sacaste de tu vida cuando decidiste no venir a buscarme hace nueve meses, Kairos. No fui nada más que una decepción para ti. Entonces, ¿para qué continuar? ¿Únicamente porque se ha dañado tu orgullo masculino? ¿O es porque, una vez más, hice que perdieras tu rígido autocontrol?

–Lo quieras o no, e independientemente de que lo uses o no, la mitad de lo que es mío será tuyo durante los próximos años. Si voy a tener que pagar un dineral por haber alimentado tus fantasías de amor eterno, por haber aguantado tus rabietas, y por el placer de haberte tenido en mi cama, me gustaría disponer de tres meses más de matrimonio, *agapita*. Y quizá, por ese precio, también de un poco más de ti.

–Un poco más de mí, por ese precio... –susurró Tina.

Kairos evitó la bofetada con sus rápidos reflejos. Le agarró la muñeca con una delicadeza que no se correspondía con su cuerpo musculoso, y la acorraló contra la pared. El calor y la musculatura de su cuerpo lo hacían parecer más masculino. Los zapatos de tacón hacían que Tina cobrara estatura y quedara perfectamente acomodada contra su cuerpo. Kairos la cubrió con sus fuertes muslos. Su torso le rozó los senos, provocando que sus pezones se endurecieran y le dolieran. Y contra el vientre... *Maledizione*, su miembro erecto... A Tina se le humedeció la entrepierna.

–Ni siquiera he utilizado las manos o la boca y ya estás preparada para mí, *ne*?

–Como has dicho antes, otros hombres me persiguen porque soy apasionada y desinhibida en la cama, ¿no? Siempre he correspondido a tu apetito sexual y ambos sabemos que es insaciable. Que ahora mismo me comporte como una zorra excitada no es un punto a tu favor. Eres capaz de ofrecer buen sexo, Kairos. Ese era el aspecto que me hacía feliz siendo tu esposa.

–Dime, Valentina, ¿te excitas así con otros hombres? ¿Con el idiota que está en la cama detrás de nosotros? –movió las caderas de un lado a otro.

Su miembro erecto rozó la entrepierna de Valentina y ella se estremeció. Se imaginaba su miembro erecto en el interior de su cuerpo, su intento por mantener el control mientras se movía en su interior. Anhelaba ver cómo se suavizaba su mirada, los pocos momentos en los que Kairos se mostraba de verdad, dulce y cariñoso, tal y como ocurría después de que alcanzara el orgasmo. Y Valentina todavía deseaba a aquel hombre.

Kairos la besó en el cuello.

–Tengo pensados otros usos para ti, esposa... aparte de que pases unos meses más en mi cama –la sujetó por el trasero y la estrechó contra su miembro erecto.

Le besuqueó el mentón en busca de sus labios.

–Admite que has perdido, Valentina. Puedes fingir todo lo que quieras, pero tu mejor apuesta es ser el trofeo de un hombre rico. No es un mal papel para ti. Acepta tus limitaciones. Ajusta tus expectativas. Igual que hice yo cuando tu hermano Luca se interpuso en mi camino hacia el puesto de Director Ejecutivo en el consejo de Conti. No espero nada más de una esposa, y ¿quién sabe? Quizá incluso puedas convencerme para que le dé otra oportunidad a este matrimonio.

Estaba furioso. Cada una de sus palabras y caricias
tenía el objetivo de provocarla con su crueldad. Ella
nunca lo había visto así. Lo único que quería era enal-
tecer su ego. Castigarla por haberse atrevido a dejarlo.

—Por favor, Kairos, suéltame.

Él la soltó en el momento en que pronunció esas
palabras. Sus ojos estaban inundados de deseo, y la
miraba como si no pudiera creerse que había puesto
fin a la situación.

—¿Qué tengo que hacer para conseguir que aceptes
el divorcio? ¿Para conseguir que me dejes tranquila?

—Ser mi esposa durante tres meses.

—¿Por qué? ¿Para qué me necesitas? Aparte de para
castigarme por haberte dejado.

—Tengo que pagarle una deuda a Theseus.

—¿El hombre que te sacó de las calles y te adoptó?

—*Ne*.

—Y para eso, ¿necesitas una esposa?

—Sí. Su hija Helena...

—¿Está causando problemas entre tú y él? ¿Quieres
que compita con ella? No comprendo cómo te podría
ayudar la presencia de tu esposa —hizo una pausa—.
Ya sé. O eso creo. La hija te desea y tú quieres recha-
zarla sin herir sus sentimientos. Qué amable eres,
Kairos.

—Theseus se lo merece. Esa es la única manera de
que consigas el divorcio, Valentina.

—No puedes arrastrarme de nuevo a esa vida contra
mi voluntad.

—Pero puedo interponerme en el proceso de divorcio. Convertir tu vida en ese circo mediático que tanto
detestas de pronto. E incluso peor, un gesto o palabra

equivocada por mi parte, hará que tus hermanos vuelquen su furia contra mí y eso interfiera en tu vida. Si de verdad quieres salir adelante sola, será un infierno.

—¿Me dejarás marchar cuando se aclare la situación?

—Cuando todo se aclare y me quede satisfecho, sí. Antes, no. Te lo advierto, Valentina. Quiero una esposa perfecta. Sin escenas, sin escapadas. Podrás incluso marcharte con la sensación de que de verdad te has ganado la compensación por el divorcio. Un sentimiento nuevo para ti, te lo aseguro.

—Y, si me acuesto contigo para conseguirlo, me habrás convertido en una zorra de verdad, ¿no es así, Kairos? Es posible que mi cuerpo lo esté deseando, pero no mi corazón.

El hecho de que él tuviera que esforzarse para contener un gruñido, llenó a Tina de satisfacción.

Valentina sonrió por primera vez en nueve meses.

Lo único que le quedaba por hacer era convencerse a sí misma de lo que le había dicho.

Capítulo 3

«QUÉ TENGO que hacer para conseguir que me dejes tranquila?», Kairos recordó sus palabras. Era verdad que Tina quería romper aquel matrimonio.

La idea removió a Kairos como si fuera un terremoto, mientras miraba su silueta dormida en la cabina trasera de su jet privado.

Él solo había pensado en cómo iba a castigarla cuando la encontrara. Y en lo bien que se sentiría al tenerla una vez más bajo su cuerpo. En cómo la provocaría hasta que reaccionara con furia explosiva y pasión descontrolada.

No obstante, ella no había hecho nada parecido. Era como si estuviera mirando a una desconocida. Y eso, lo desconcertaba.

De algún modo, era capaz de explicar el hecho de que siguiera sintiendo deseo por ella. Tal y como ella había señalado, Valentina era explosiva en la cama. Él se había quedado más que sorprendido cuando en su noche de bodas, descubrió que ella todavía era virgen.

Valentina era una mujer tremendamente sensual. No solo había aprendido con entusiasmo todo lo que él le había enseñado en la cama, sino que mostraba una curiosidad innata por descubrir su cuerpo y por corresponderle con todos los placeres que él le había mostrado.

Deseaba a Valentina con un fervor que realmente no necesitaba comprender, y pensaba poseerla.

No obstante, durante las horas que habían pasado desde que él había decidido que viajaran a Grecia, el dolor que se reflejaba en la mirada de Tina mientras aguantaba sus crueles comentarios uno tras otro, seguía presente. Debía estar agradecido por el hecho de que ella ya no lo mirara como si fuera su príncipe azul. Independientemente de que se divorciaran o no, era bueno que finalmente ella hubiera aprendido la verdad.

Él no estaba familiarizado con los sentimientos de ternura o de amor. Tampoco tenía espacio para ellos en su vida. No obstante, no conseguía olvidar la expresión de sus ojos marrones al recibir los comentarios hirientes que él le había hecho.

Kairos no creía que Valentina tuviera lo que necesitaba para tener éxito en su carrera. Era demasiado indisciplinada, demasiado mimada para el duro trabajo que conllevaba. Aun así, no era capaz de alejarse de su lado. Ni tampoco de mantenerla en su vida.

Por mucho que ella le hubiera declarado su amor, le había demostrado que era como todas las demás. Utilizando el amor para manipular y, después, rompiendo su palabra.

Para él, nadie era lo bastante importante como para arriesgarse a eso, o para olvidar la lección que ya había aprendido.

El amor no era más que un juego.

«A pesar de todas tus declaraciones de amor, te marchaste. Eso demuestra lo poco que significan tus palabras».

Aquellas palabras y el sentimiento que había tras ellas seguían afectando a Tina mientras se enjabonaba en la ducha. Ella había aprovechado cada oportunidad para declararle sus sentimientos hacia él. ¿Cómo se atrevía a pensar que había cedido tan rápido?

Se envolvió con una toalla y salió de la ducha.

Sobre la cama había varias bolsas de ropa de diseño. Valentina suspiró. También había unas bolsas con ropa interior. Los sujetadores eran de su marca preferida y tremendamente caros.

Tina se sentó en la cama con la toalla y acarició la copa almohadillada del sujetador. Recordaba que su marido había comentado en una ocasión que le gustaban los pechos grandes, así que, como ella apenas tenía pecho, se dedicó a comprar todo tipo de lencería con almohadillado.

Una noche fue a una fiesta con un sujetador *push-up* y mucho escote y Kairos le había dicho que iba vestida como una fulana. Era la primera vez que perdía el control en todo su matrimonio. Después, le hizo un comentario acerca de que su deseo de captar la atención de todos los hombres hacía que se comportara como la mujer más frívola que él había conocido nunca. Y, sin más, desapareció toda la noche.

Ella frunció el ceño.

Con lo listo que era, ¿Kairos no se había dado cuenta de que se había vestido de esa manera para llamar su atención? ¿Que desde que Leandro se lo había presentado, ella no había vuelto a pensar en otro hombre?

¿Por qué tenía que llegar a ese extremo para complacerlo?

–Un perro hambriento miraría un pedazo de carne con menos deseo –dijo una voz desde la puerta.

Tina se puso en pie y sujetó la toalla. Él también se había cambiado y vestía un jersey gris con cuello de pico que resaltaba su torso musculoso y unos vaqueros oscuros. Ella tuvo que contenerse para no suspirar.

–Los perros viejos aprenden nuevos trucos –dijo ella.

Él soltó una carcajada.

–Creo que el refrán es al revés.

–No quiero la ropa.

–No tienes elección. Mi esposa, la seguidora de moda de Milán, no puede ir vestida con ropa vieja o que parezca heredada –recogió la camiseta y los pantalones cortos que ella se había quitado y añadió–: Desde luego, te lo habías tomado en serio, ¿eh? Hace unos meses habrías mirado estas prendas con desprecio.

–Así es, pero esto no es una broma, Kairos. Esa es la ropa que me puedo pagar.

Kairos dejó la camiseta a un lado.

–Tienes que aparentar tu papel, Valentina. Y, créeme, vas a necesitar una armadura.

Ella frunció el ceño al ver la expresión de sus ojos. ¿Una armadura, para qué? Había estado tan concentrada en mantener el control que no había pensado mucho en los detalles.

–Podemos seguir hablando de esto después de que me vista.

Él arqueó una ceja y la miró con atención.

–¿Sigues igual de modesta, Valentina? He visto, acariciado y lamido cada parte de tu cuerpo.

Ella lo miró.

—Entonces, estaba dispuesta. Ya no.

—Sin embargo, si cierro los ojos puedo verte —cerró los ojos y se apoyó contra la pared con una sonrisa—. El lunar que tienes en la nalga derecha. La cicatriz que tienes en la rodilla. Los sedosos pliegues de tu...

Ella se cubrió la boca con la mano y susurró:

—Basta, por favor.

—Eso no es todo. Recuerdo los sonidos que haces, la manera en que mueves las caderas cuando estoy dentro de ti. Tengo todo eso grabado en mi cabeza —resopló—. Y es lo primero que recuerdo cuando me despierto con...

—No tienes vergüenza.

Con una sonrisa, él le preguntó:

—¿Sabes cómo me despierto por las mañanas? Me dejaste sin recursos —le agarró la mano izquierda y frunció el ceño—. ¿Dónde están tus anillos?

—En mi bolso.

Kairos se movió para rebuscar en el bolso y después le puso los anillos en el dedo. De pronto, otra cajita apareció de la nada.

A Tina se le aceleró el corazón cuando él sacó una cadena de oro con un colgante de diamantes.

El colgante era del tamaño de un dedo pulgar y tenía forma de V. Era de platino y oro, con diamantes incrustados. Ella lo había visto en una joyería, en una de las pocas ocasiones que habían salido de compras juntos para buscar un regalo para su sobrina Izzie. Le habría resultado fácil comprárselo con la tarjeta de crédito de Leandro.

Sin embargo, algo había cambiado ya en ella. La

ropa, los zapatos y las joyas ya habían empezado a perder su atractivo, y Tina se daba cuenta de que nada de eso podía cambiar la imagen que su marido tenía de ella.

No obstante, él se fijó en que ella lo estaba observando.

Tina lo miró a los ojos, con la cadena colgando de su dedo.

—Tengo suficientes joyas para vestirme de acuerdo con el papel que tengo que representar. No puedo soportar la idea de aceptar falsos regalos.

—Lo he comprado para ti. Puede que también lo usemos —con una mano, le retiró el cabello hacia un lado y le rodeó el cuello para abrochárselo—. Por mí puedes tirarlo cuando terminemos con esto.

—¿Cuándo?

Él le enderezó la cadena y el roce de sus dedos hizo que se le acelerara el corazón.

—¿Cuándo qué?

—¿Cuándo lo compraste?

—Cuando estabas esperando fuera, en el coche. Pensaba dártelo en... —se rio, pero Tina percibió desprecio y rabia en su reacción—. Pensaba dártelo cuando cumpliéramos diez meses de casados. Me siento idiota incluso mencionándolo.

—Entonces, ¿por qué lo compraste? Solías llamarme tonta sentimental cuando te compraba regalos para esas fechas. Decías que era una niña que celebraba cualquier ocasión.

—Quizá conseguiste que cambiara de opinión. Te marchaste dos días después de que fuéramos de compras, así que quizá sea bueno que no haya cambiado demasiado, ¿no? —le dijo mirando a otro lado.

Estaba enfadado, incluso más enfadado de lo que ella lo había dejado por haberlo abandonado. Quizá fuera cierto que había cambiado, si pensaba darle un regalo en esa fecha. Al menos, un poco.

No obstante, él solo había ido a buscarla cuando decidió que la necesitaba. Tina no debía olvidarlo.

—Te quedarás la ropa, los zapatos, y todo lo demás. Quiero a una Valentina elegante y con estilo. La esposa adorable.

—No puedo forzar eso último.

—Entonces, finge. Lo hiciste durante meses. ¿Necesitas algo más?

—Ropa interior. Concretamente, sujetadores —dijo lo primero que se le ocurrió. ¿Era cierto que le había comprado el colgante para hacerla feliz?

¿Era posible que su humillante propuesta acerca de que ella podía convencerlo para que le diera otra oportunidad le diera una pista de lo que él deseaba?

—Los que tengo son de algodón y harán que se note...

—Lo que preferiría que no viera nadie más cuando te pones esos vestidos —comentó él con posesividad. Frunció el ceño y miró los montones de sujetadores nuevos—. Le pedí a mi secretaria que comprara esos en la boutique en la que te gastaste una fortuna.

—Esos ya no me quedan bien.

Él posó la mirada sobre sus pechos.

—No puedo decirte con esa toalla.

Ella agarró un bolígrafo y un cuaderno y apuntó la talla.

—Sin aro, sin acolchado y sin *push-up*. De lo único que vas a disfrutar es de mis pequeños senos tal y como la naturaleza los ha creado —murmuró para sí.

Él se rio. Ella levantó la cabeza y vio que Kairos estaba demasiado cerca.

—¿Qué?

Ella puso una falsa sonrisa y dijo:

—Hace nueve meses recuperé la cordura. No puedo esperar a que terminen los próximos tres meses.

Él frunció el ceño.

—Por suerte, te conozco lo bastante bien como para no creer una sola palabra de las que salen de tu adorable boca —comentó.

Ella se contuvo para no estremecerse.

«Unos meses más en mi cama...».

«La esposa trofeo de un hombre rico...».

Kairos nunca volvería a verla como otra cosa. Ella había visto cómo se había comportado con su cuñada Sophia, una de las viejas amigas de Kairos. Una mujer a la que él le había propuesto salir antes de decidirse por Tina. Sophia era la mujer más inteligente que Tina conocía. Y Kairos la respetaba. Incluso Alexis, la mujer de Leandro, también tenía su respeto.

Eran mujeres de éxito, fuertes e independientes, que estaban más que preparadas para competir con sus poderosos hermanos, Leandro y Luca.

Eso era lo que Tina quería llegar a ser. Eso era lo que quería ver en los ojos de Kairos cuando ella lo mirara. Si él iba a atormentarla durante tres meses, ella estaba dispuesta a ganarse su respeto y aprecio. Era Valentina Conti Constantinou y se tomaría su propia venganza gracias al éxito que tendría consiguiendo sus sueños.

Le mostraría lo que se estaba perdiendo. Y, entonces, cuando consiguiera que se arrodillara ante ella,

Valentina se marcharía. Incluso su abuelo, el maquia-
vélico Antonio, que solo llegó a aceptarla porque
Leandro lo presionó, no podría negar que ya era tan
confabuladora como el resto de la familia Conti.

Ella se volvió y miró a Kairos.

–He estado pensando en nuestro acuerdo desde
anoche. Tengo algunas condiciones.

–No tienes posibilidad de negociar.

Valentina puso una sonrisa.

–Puede que sea vana y superficial, pero no soy estúpida, Kairos. Anoche viniste a buscarme porque me
necesitas, así que pienso negociar y tú me vas a escuchar.

–¿Cuáles son tus condiciones?

–Tenías razón acerca de que la industria es compli-
cada. En nueve meses no he conseguido nada. Quiero
que se corra la voz de que volvemos a estar juntos. Y
quiero el nombre y el teléfono de todas las personas
con las que tú negocias. También quiero tu respaldo.

–Soy un hombre de negocios respetable, Valentina.
No te voy a brindar el peso de mi nombre para una
idea descabellada que seguro que dentro de unos meses llega a avergonzarme. Si quieres mi dinero, tendrás que esperar a que el divorcio se lleve a cabo para
disponer de él.

–¡No! No quiero dinero. Quiero tener acceso a tus
amigos ricos y a sus esposas. O amantes. No me importa cómo lo hagas. Diles que tu impulsiva esposa
está preparando una sesión de fotos y que tú quieres
complacerla. Cuéntales que es la forma en que estoy
malgastando mi vida. Explícales que es tu manera de
consentir mis rabietas. No me importa lo que les di-

gas. Necesito crearme una carpeta artística y una sesión de fotos. Quiero que se corra la voz de que ofrezco mis servicios como estilista personal a cualquiera que tenga reputación, estatus y dinero.

–¿Estilista personal?

–Sí –levantó la mano para interrumpirlo–. Si vas a utilizarme, Kairos, yo también te utilizaré. Al menos, por fin hablamos el mismo lenguaje.

–¿Y qué lenguaje es ese, Valentina?

–El de las transacciones. Nunca haces nada sin que te beneficie. Nuestro matrimonio me ha enseñado algo útil.

–Estás jugando a un juego peligroso, *pethi mu*, lanzando acusaciones contra mí. Solo puedes presionarme hasta cierto punto.

–Sé que te costará creerlo, pero no estoy haciendo nada de esto para provocarte, Kairos. Por primera vez en mi vida, pienso con la cabeza. He mirado más allá de la superficie y no me ha gustado nada de lo que he visto en mí. Has hecho que me enfrente a la realidad. Y te estoy agradecida por eso.

–¿Quieres el divorcio porque me estás agradecida? –la expresión de su rostro trataba de disimular lo enfadado que estaba con ella.

–El hecho de que me haya dado cuenta de lo que me pasa, no significa que tú tuvieras razón, ¿no? Nunca volveré a darte poder sobre mí.

A pesar de sus maneras descaradas, ella nunca se había desnudado delante de él. Siempre había considerado que su cuerpo era imperfecto y que no se ajustaba a las preferencias de Kairos.

O quizá porque siempre había deseado ser perfecta

para poder complacerlo. Tener el cabello perfecto, el vestido perfecto, la postura perfecta...

Y eso no le había llevado a ningún sitio.

Sin esperar su respuesta y conteniendo la respiración, agarró un conjunto de ropa interior. De espaldas a él, dejó caer la toalla. La exhalación que oyó por detrás hizo que se pusiera tensa. De algún modo, consiguió ponerse las bragas y abrocharse el sujetador.

La intensidad de su mirada le quemaba la piel, como si él la estuviera acariciando. Ella estaba decidida a terminar con aquello, a demostrarle que no siempre le llevaría ventaja.

Tras una breve mirada en su dirección, se puso unos pantalones y un top blanco de seda.

Después, con la cabeza muy alta, salió al camarote principal.

Le estaba pellizcando la cola al tigre, pero no le quedaba más remedio. Tenía que demostrarle que era una mujer dura. Tres meses después, cuando se hubiera ganado su respeto, se marcharía.

Capítulo 4

SOBRE las seis de la tarde llegaron a una gran finca en la isla de Mykonos. La limusina avanzó hasta la casa por un camino rodeado de olivos. Y en la distancia se veían las playas de agua cristalina. No obstante, Tina no podía dejar de observar las variadas expresiones que se reflejaban en el rostro de su marido, el cual solía mostrarse inexpresivo. Kairos había respirado hondo al ver la villa. Un hombre mayor, una mujer y una joven los esperaban en lo alto de los escalones de la entrada. En los ojos grises de Kairos se vislumbraba una expresión de ternura, dolor y determinación al mirarlos.

–¿Kairos? –lo llamó en voz baja.

Él la miró desde el asiento opuesto y, en pocos segundos, su expresión se volvió sombría.

–¿En qué consiste exactamente la deuda que tienes con Theseus, Kairos?

–Hay algunas obligaciones con las que tengo que cumplir. Es todo lo que necesitas saber.

Tina sentía mucha curiosidad.

En diez meses de matrimonio, lo único que había aprendido sobre él era que había sido un niño huérfano que se había criado en las calles de Atenas. Que después había tenido un mentor que le había dado una educación. Y nada más. Nunca había conocido a un hombre que hablara tan poco.

—No vas a asesinar a alguien y después pedirme que mienta por ti en el juicio, ¿verdad?

—Veo que no has dejado de ver telenovelas.

—¿O vas a hacer lo que hicieron en la película *Una proposición indecente*?

Él se rio.

—*Oxhi*... No —aclaró—. Aunque quisiera no creo que haya un hombre que sepa cómo manejarte, Valentina.

—Ya sé que «*oxhi*» significa «no» —dijo ella, tratando de enfocar su comentario como un cumplido—. Pienso decírtelo muchas veces durante los próximos meses. En inglés, italiano y griego.

—¿Tienes frío? —le preguntó él al salir del coche.

Ella negó con la cabeza, pero él la rodeó con el brazo y la estrechó contra su cuerpo. Valentina experimentó una mezcla de sensaciones. Aun así, era consciente de que alguien estaba taladrándola con la mirada. La mujer joven.

—Kairos, me parece...

Él la interrumpió con un beso en los labios.

Empezó con un besuqueo. Después, con una mirada de advertencia y el roce de su cuerpo contra el suyo. Un espectáculo. Él había preparado un espectáculo para esa mujer, Helena.

Y, sin embargo, cuando sus labios se encontraron, todo cambió.

Nueve meses de carencia provocó que el deseo se desbordara.

Sus labios recibieron el calor del placer. Sus pulmones se vaciaron de aire. Comenzaron a temblarle las piernas y Tina tuvo que sujetarse al brazo de Kairos. Y, cuando él le acarició la comisura de los labios con la lengua, no pudo contener un gemido.

Él maldijo contra sus labios y Tina abrió la boca. Los movimientos de su lengua contra la de ella hicieron que ella gimiera y lo sujetara por la nuca para acercarse más a él.

El mundo desapareció a su alrededor. Ella podía sentir los músculos del cuerpo de Kairos contra el suyo. Las imágenes y sensaciones del pasado le robaron la última pizca de voluntad. El roce de sus caderas apretándola contra la cama, sus piernas musculosas presionando contra su sexo, el gruñido masculino que escapó de su boca cuando ella le clavó las uñas en la espalda.

Una oleada de calor la invadió por dentro mientras él acariciaba su boca con la lengua. Sin contenerse. Era algo puramente carnal. Con una mano alrededor del cuello y la otra alrededor de la cintura, él la liberó un instante para que tomara aire y la besó de nuevo. Cuando le mordisqueó el labio inferior con posesividad, ella gimió. Una mezcla de placer y dolor invadía sus sentidos. Al instante, él continuó besándola con delicadeza y le lamió el pequeño mordisco con la lengua. A Tina se le formó un nudo en el estómago. Gimoteó contra sus labios, anhelando más.

–¡Basta ya, Kairos! Preséntanos a tu juguete.

El veneno que había oculto en aquellas palabras, fue como un jarro de agua fría para Tina. Ella se retiró con el corazón acelerado. Le escocían los labios, y todo su cuerpo ardía de deseo.

–Helena, por favor, sé educada –se oyó otra voz.

Kairos le acarició la barbilla y respiró hondo.

—Nueve meses —susurró contra su boca, y apoyó la frente contra la de ella—. Aunque no te hubiera necesitado a mi lado hoy, *pethi mu*... tú y yo no habíamos terminado.

Tina se humedeció los labios y lo besó.

—Solo ha sido un beso.

—Ya vendrás a buscarme, *pethi mu*. No permitiré que sea de otra manera —se secó los labios con el pulgar—. Aunque quizá decida no darte lo que quieres. Como castigo.

Valentina lo comprendió todo. Él tenía intención de volverla loca durante esos meses. No le gustaba el hecho de seguir deseándola tanto. Después, se marcharía.

—Esto es un juego para ti, ¿verdad? Como a ver quién pestañea antes o quién desenfunda primero y mata a la otra persona.

—Eres tú la que siempre juega.

—Ya no —contestó ella con rabia y frustración. Después miró hacia la mujer que estaba esperando—. Los días en los que luchaba por ti han terminado, Kairos. Que seas feliz con esa mujer.

—Nunca te he querido, Valentina. Cuando estábamos casados, apenas podía soportar tus rabietas, pero créeme si te digo que desde que te conocí, eres la única mujer a la que he deseado, la única que me vuelve loco. Solo te deseo a ti, *glykia mu*.

La verdad de su declaración hizo que Tina se echara a temblar. De pronto, percibió la presencia de la otra mujer a sus espaldas. Kairos se puso tenso y, sin soltar a Valentina, caminó hacia la pareja que había bajado los escalones, pero esperaba a una distancia prudencial.

–Valentina, estos son Theseus Markos y su esposa, Maria. Son... –dudó un instante y tragó saliva– amigos míos –la pareja se puso tensa al oír sus palabras. Él miró hacia la mujer joven y añadió–: Y esta es su hija Helena. Os presento a mi esposa, Valentina Constantinou –sus palabras denotaban posesividad.

Él dirigió el saludo hacia el hombre.

Theseus tenía el pelo gris y aparentaba unos sesenta años. Tina le estrechó la mano.

–Sentíamos mucha curiosidad por ti, Valentina –dijo él–. Bienvenida a nuestra casa. Esperamos que no estés enfadada con nosotros por haberte robado a tu marido tanto tiempo. Kairos ha sido de gran ayuda aquí.

–Por supuesto que no –dijo Tina, como si supiera de qué estaban hablando.

Esa era su oportunidad para indagar y hacer preguntas. Había estado tan centrada en sí misma que simplemente había asumido que Kairos había estado fuera porque no le importaba su matrimonio.

Saber que había estado allí en Grecia, donde necesitaban y agradecían su presencia, cambió su punto de vista.

Maria Markos se mostró más contenida en el recibimiento, pero no menos sincera. Parecía nerviosa y distraída.

Tina les agradeció la bienvenida.

Después, miró a la mujer que estaba de pie en el

lateral. Contrastaba mucho con sus padres, tanto en actitud como en aspecto. Y era un poco mayor que Kairos, que tenía veintinueve años.

Tenía el cabello negro y llevaba un vestido amarillo sin mangas que resaltaba sus senos y su estrecha cintura. También lucía un colgante con un gran diamante y unos pendientes a juego. En lugar de mirar a Tina, Helena se dirigió a Kairos. A pesar de que él no se mostró disgustado, Valentina se relajó al ver que él se sentía incómodo.

Helena le dio un beso en la mejilla y le apretó los bíceps mientras suspiraba, como si estuviera recibiendo a un amante al que hacía tiempo que había perdido.

Tina miró a los padres de Helena y vio que se sentían incómodos por cómo había recibido a Kairos delante de su esposa. ¿No se había comportado ella como Helena en una ocasión?

¿Volviéndose celosa e irracional cada vez que Kairos pasaba tiempo a solas con una mujer? Incluso le había dado una bofetada a la mujer que después se convirtió en su cuñada porque se había enterado de que Kairos estaba interesado en ella. Por suerte, Sophia se había percatado de la inseguridad de Tina y había seguido siendo su amiga a pesar de su comportamiento.

La marca del pintalabios que Helena le había dejado a Kairos en la mejilla provocó que Tina sintiera ganas de demostrarle que él le pertenecía a ella. Por suerte, antes de quedar como una idiota, Theseus llamó la atención de Kairos y Maria los siguió por las escaleras. Helena la miró en silencio.

–Valentina Conti Constantinou –mencionó su nombre con aires de grandeza e ignoró la mano que Tina le ofrecía–. Aunque, al parecer, lo de Conti no es del todo verdad, ¿no es así? –sin esperar a que Tina contestara, añadió–: Pobre Kairos, pensaba que iba a casarse con la rica heredera de la familia Conti y, sin embargo, ha terminado con una mujer sin talento y sin dinero. He oído que incluso tus hermanos, los poderosos Conti, te han abandonado. Me pregunto por qué, después de todos estos meses, Kairos ha vuelto a meterte en su vida.

Valentina siempre contestaba a los ataques, pero ese día se quedó sin habla.

Como si fuera una niña, deseó que sus hermanos estuvieran allí. Que Leandro la abrazara para darle seguridad y que Luca la respaldara a la hora de decir que tenía el respeto y la confianza del hombre al que había amado con desesperación, pero ninguno estaba allí. No le quedaba más remedio que enfrentarse a la realidad.

–Quizá Kairos se haya dado cuenta de que, a pesar de todo, todavía me desea. Me necesita desesperadamente.

Helena la rodeó con el brazo, como si no le hubiera dicho cosas horribles.

–Al final te volverá a dejar, ya lo sabes. Me elegirá a mí. Hay mucha historia entre nosotros. Será mejor que lo aceptes sin más.

–¿Qué historia? –preguntó Tina sin pensar.

Helena se rio.

–¿No te lo ha contado? Entonces, yo tampoco puedo contártelo.

Tras una sonrisa, se marchó dejando a Tina junto a la entrada.

¿Dónde diablos la había llevado Kairos? ¿Qué era lo que quería de ella? ¿Que gritara a la mujer que había tocado descaradamente a su marido delante de ella?

Kairos estaba en el balcón con una copa de vino en la mano. La miraba mientras Theseus hablaba con él a su lado. Tenía los puños de la camisa y los botones de la pechera desabrochados. Levantó la copa a modo de brindis y arqueó las cejas. Ella sabía qué era lo que estaría viendo en su cara... su deseo hacia él, su nerviosismo por la posibilidad de que pudiera preferir a Helena, su frustración por el hecho de que siguiera teniendo tanto poder sobre ella.

Valentina respiró hondo y forzó una sonrisa.

Sacó el teléfono del bolso y le envió un mensaje. Después, esperó a que él lo leyera.

La sorpresa de su mirada, la sonrisa contenida de su boca. Aquello fue como un bálsamo para su alma.

Sorprender a Kairos era parte de su lucha por la independencia y, si el hecho de que él levantara la copa para saludarla era un indicativo, ella había ganado esa ronda.

Capítulo 5

Te toca, Kairos... Cumple con tu parte.

Como un adolescente enamorado, Kairos miró el mensaje de Valentina por millonésima vez desde la noche en que llegaron.

Era lo que ella solía decirle cuando le enseñó a jugar al ajedrez. No obstante, el día anterior, una semana después de haberla visto en el yate, no se había parecido nada a cuando solía averiguar su estrategia en el ajedrez. La mujer con la que se había casado era impredecible.

Kairos esperaba que hubiera montado una escena en los escalones cuando Helena lo besó y lo abrazó de forma provocadora. El comportamiento de Helena iba dirigido a Valentina y a Theseus.

Sin embargo, Valentina se había recuperado rápidamente, y había mantenido la compostura como nunca.

No había hecho preguntas sobre su pasado. Ni sobre su relación con Helena. Ni sobre su historia con Theseus y Maria.

Kairos la había visto durante la cena y le había dado un beso de buenas noches en la mejilla. Como la esposa tranquila que él siempre había deseado, ella se retiró sin decir palabra en el momento adecuado. Finalmente, cuando él se retiró hacia la medianoche, ella ya se había quedado dormida. Cuando él salió a correr a las cinco de la mañana, la encontró corriendo alrededor de la casa. Y, cuando empezó a correr a su lado, ella apenas pestañeó.

Había ocurrido lo mismo durante cuatro días. Puesto que él había estado fuera más de una semana para ir a buscarla, el trabajo se le había amontonado, así que la había dejado al cuidado de Maria la mayor parte del tiempo, consciente de que ella trataría a Valentina con amabilidad.

Aunque se preguntaba cuánto tiempo duraría ese estado de serenidad, echaba de menos a la Valentina con la que se había casado. Aquella Valentina que expresaba todo lo que se le pasaba por la cabeza, la Valentina que vivía sin miedo cada emoción, la Valentina que le había prometido, una y otra vez, que siempre lo amaría. La Valentina que, cuando se marchó, le hizo darse cuenta de la cantidad de color y algarabía que había incorporado a su vida.

La idea lo inquietó.

El afecto y la dependencia sacaban lo peor de las personas. Eso era lo que Theseus le había enseñado siete años atrás. Y Kairos nunca había querido experimentar el dolor que producía que la gente lo decepcionara. Que la gente le quitara lo que le había dado, cuando ya no les resultaba conveniente.

Por supuesto, todo eso tenía que ver con el hecho de que Valentina había cambiado. Y con que él no podía creérselo.

Justo cuando se disponía a comprobar dónde estaba ella, Valentina entró en la habitación donde desayunaban. El deseo lo pilló desprevenido, junto con un sentimiento de añoranza que no terminaba de comprender. Ella se detuvo junto al bufet que habían servido en la mesa, como un perro ante un posible depredador. Despacio, consiguió que su respiración se fuera normalizando y su expresión recuperó la calma que Kairos comenzaba a detestar.

Su esposa había sufrido muchos cambios, pero aquel era el peor. Ella nunca había sido capaz de ocultar sus emociones, incluso lo había avergonzado cuando mostraba abiertamente su deseo hacia él, y Kairos siempre había deseado que pudiera controlarse un poco más.

–*Kalimera*, Valentina –dijo él.

–*Buongiorno,* Kairos –contestó ella, y se giró hacia la comida.

Él se fijó en su figura. La tensión de sus hombros indicaba que era consciente de que la estaba mirando. Sus pantalones negros resaltaban sus bonitas piernas, las mismas que ella había cruzado alrededor de su cuello alguna vez. Su blusa, verde esmeralda, mostraba sus brazos bronceados. Cada vez estaba más flaca. La noche anterior, cuando ella se acurrucó contra él estando dormida, él notó que era puro hueso. Aun así, en menos de un segundo tuvo una erección. Era como si él no pudiera controlar su deseo cuando estaba con ella. Un deseo que debía saciar cuanto antes.

Kairos frunció el ceño al ver que desayunaba un pomelo y un café y se sentaba en la silla más alejada de él.

–Has perdido peso.

Ella se encogió de hombros.

–No he comido mucho durante los últimos meses.

–¿Y dormido? –despés de una semana todavía tenía ojeras–. ¿Me has echado tanto de menos que no podías comer ni dormir? –dijo él, deseando ver una sonrisa en sus labios.

–No sabía que eras capaz de hacer una broma –comentó ella. Después suspiró–. Suponía que no te gustaría tener una discusión sobre nuestro matrimonio cuando Theseus o su familia pueden entrar en cualquier momento.

–Como es sábado, Theseus se ha llevado a Maria y a Helena a dar un paseo por la finca a primera hora de la mañana. Para dejarnos la privacidad que no pudimos tener la semana pasada.

–Muy amable por su parte –contestó ella–. ¿Está bien? Se parece a mi abuelo –negó con la cabeza–. Se parece a Antonio después de que tuviera el ataque al corazón.

Kairos notó cierta tensión en el pecho al ver que se le nublaba la mirada.

–¿Antonio te habló de tu madre?

Él sabía la importancia que el patriarca Conti otorgaba a su descendencia.

–No se atrevió a contarme nada. No delante de Leandro y Luca –su tono de voz indicaba lo mucho que le importaba–. Al final, me di cuenta de por qué siempre se había mostrado reservado conmigo. Yo siempre me preguntaba si le importaba tan poco por el hecho de que fuera una niña. Ahora sé que es porque no soy de su sangre –se colocó un mechón de pelo detrás de la oreja–. Háblame de Theseus.

–Theseus sufrió un ataque al corazón hace nueve meses. Maria dice que llevaba algún tiempo con mala salud. Creo que el hecho de que casi se llevara a cabo la adquisición de su empresa de manera hostil, precipitó el ataque. Durante un tiempo, dudamos de que sobreviviera.

—¿Te mandó a buscar?

—Algo así.

—¿Has estado aquí todos estos meses?

—Sí.

—¿Y la adquisición hostil?

—Conseguí detenerla.

—Te considera el mejor del mundo, ¿verdad?

Kairos se encogió de hombros.

—No importa lo que piense. Yo... estoy en deuda con él, eso es todo.

Kairos esperaba que ella le preguntara por Helena. Esperaba que, sin público delante, Valentina se quitara la capa de la serenidad.

El tiempo pasaba y solo había silencio. Kairos se sintió decepcionado.

—No ganaba lo suficiente como para comer bien y pagar el piso —le dijo ella—. Ni siquiera compartiendo.

—¿Era tan terrible seguir casada conmigo que preferiste alejarte de todos los lujos que te ofrecía? ¿Pasar del ático y la tarjeta de crédito sin límite a vivir en un cuchitril con tres mujeres más y apenas suficiente dinero para comer?

—Sí, lo era.

—¿Me tengo que creer que ninguno de tus hermanos sobreprotectores te ofreció dinero y comodidades? ¿Ni siquiera una caja de comida de parte de Luca?

—Luca respeta mis deseos. Leandro... —apretó la taza de café con fuerza.

La nostalgia se percibía en su voz. La ruptura con sus hermanos, que evidentemente había propiciado ella más que nadie, hizo que él se preguntara por el cambio que se había producido en ella.

Leandro, Luca y Valentina compartían un estrecho lazo y él nunca había visto nada parecido. Incluso le había sorprendido más al enterarse de que Valentina solo era su hermana por parte de madre.

¿Fue por eso por lo que se inclinó hacia la oferta de Leandro, a pesar de que había recibido muchas otras?

No, él no estaba buscando una familia unida. Ya había escarmentado con la que él había considerado su familia.

Había sido Valentina la que había llamado su atención desde el primer momento en que Leandro se la presentó. Valentina, a la que él había deseado poseer.

Ella se puso en pie y dejó a un lado el pomelo, sin tocar.

—Le dije a Leandro que nuestra ruptura será permanente si vuelve a interferir en mi vida.

Que hablaba en serio era evidente. Que le resultaba doloroso, también.

Él había deseado en muchas ocasiones que ella fuera una mujer más cerebral, más contenida... más lo que no era. Sin embargo, al ver que se había convertido en la sombra de lo que era, él sentía la necesidad de protegerla.

—Apenas has comido.

—¿Desde cuándo tú te...?

Él la miró fascinado, mientras ella negaba con la cabeza y lo miraba.

–Quiero hablar de lo que vas a hacer por mí. He hecho una lista de...

–Puedo hacer muchas cosas por ti, Valentina, si dejas de tratar de ser «la Valentina independiente».

–¡Guau! Bromas e insinuaciones. No sé si eres el mismo Kairos con el que me casé. Lo único que me dedicabas eran suspiros y refunfuños. Bueno, y la mirada que ponías cuando querías sexo.

Ver a Kairos desconcertado era como una inyección de adrenalina para su cuerpo.

Por primera vez desde hacía meses, Valentina se rio.

Kairos echó la silla hacia atrás y estiró las piernas. Sus pantalones de correr dejaban al descubierto sus piernas musculosas. Ella observó sus piernas cubiertas de vello con avidez y tragó saliva. Aunque cada centímetro de su cuerpo estaba hecho para ser apreciado, tocado, acariciado, lamido. Y no era que él le hubiera dejado la oportunidad de hacerlo. Incluso en ese tema, él llevaba las riendas.

–No sé de qué estás hablando. En mi defensa, te diré que hablabas tanto, peleabas tanto y te quejabas tanto que la única manera en la que podía intervenir era asintiendo y refunfuñando.

–Solías tener ese extraño brillo en la mirada. Aunque primero, tenías que ganártelo. Como si quisieras acostarte con tu esposa y tuvieras que conquistarla. Salías a correr y te dabas una ducha. Después, entrabas en nuestro dormitorio y me mirabas un rato. Pensaba que mi pijama te parecía horrible.

–¿Creías que esos pantalones cortos con lazos y los tops sin mangas me parecían horribles?

–Te sentabas en la butaca, con los codos apoyados en las rodillas, y te frotabas la nuca –Tina continuó como si sus palabras no la hubieran hecho estremecerse–. Si te pasabas los dedos por el cabello tres veces, sabía que esa noche tendríamos sexo. Si maldecías durante la espera anterior, significaba que...

–¿Qué significaba?

–No importa.

–¿Qué significaba, Valentina?

–Significaba que serías exigente y un poco brusco. Significaba que no pararías hasta que me dejaras sin aliento. Hasta que te suplicara que me dejaras liberarme.

«Significaba que me castigarías. Por culpa de haberte hecho perder el control. Por haberte llevado al extremo». Tina comenzó a temblar. «Porque ni siquiera eras capaz de poner en palabras lo mucho que me necesitabas».

¿Por qué no se había dado cuenta de lo mucho que Kairos revelaba sobre sí mismo durante el sexo? Ella nunca había intentado comprenderlo de verdad, nunca había intentado mirar bajo la superficie.

Kairos maldijo en voz alta y añadió:

–¡Cielos, Valentina! Deberías habérmelo dicho si te hacía daño.

–No me hacías daño. En todo lo que hacíamos en la cama, yo era una participante dispuesta. Así que no hables como si fueras tú el que me lo hacía, y no el que lo hacía conmigo. Deseaba el placer que me dabas. Eso te lo dije un montón de veces.

Él sabía lo mucho que ella había anhelado una palabra de afecto. O incluso un comentario sobre el deseo que sentía hacia ella. Un halago... aunque fuera acerca de los pijamas que se pasaba horas eligiendo. O sobre su pelo. O su predisposición a mantener relaciones sexuales cuando él lo deseaba.

–No puedes tener dudas acerca de que me gustaba acostarme contigo –dijo él, mirándola de manera desafiante.

Con las piernas temblorosas, ella se acercó a la mesa de la comida y se sirvió otro café. Aunque no le apetecía, bebió un sorbo para deshacer el nudo que tenía en la garganta.

–No me resulta fácil gestionar las relaciones.

–Esas palabras habrían significado mucho para mí hace tiempo –dijo Tina con tristeza–. Lo único que he oído salir de tu boca han sido críticas.

–Y cada vez que yo te criticaba o te comparaba con Sophia o Alexis, tú reaccionabas con una escena –le dijo Kairos, despacio.

–Sí –ella dejó la taza sobre la mesa–. En cualquier caso, todo eso es pasado.

Kairos se dirigió al bufet. Después, se acercó a ella, la agarró por la muñeca y la sentó en la silla. Luego, dejó sobre la mesa un plato lleno de fresas, una tostada y huevos revueltos.

Sin darle las gracias, Tina comenzó a comer. Al cabo de unos minutos se había terminado el desayuno. Cuando estaba a punto de tomar el último trozo de tostada, se dio cuenta de que Kairos le había puesto mucha mantequilla.

Justo como a ella le gustaba.

Un sentimiento de ternura la invadió por dentro. Él le había prestado atención. Intentó recordar que solo era un pequeño detalle, pero la verdad era que ya no estaba en un cuento de hadas, sino en la vida real.

Kairos había reparado en ella. Se notaba en todas las pequeñas cosas que había hecho por ella. En los silencios que se producían después de haber hecho el amor, y en la manera de abrazarla como si fuera algo preciado, en las palabras no pronunciadas después de alguna de sus escapadas, en la manera de animarla a salir de la zona de protección que le brindaban sus hermanos para conseguir algo por sí misma.

Sin embargo, ¿cómo podría superar el hecho de no haber sido suficiente para él? ¿O de que quizá nunca llegaría a ser lo bastante buena?

Capítulo 6

PARECÍA que era un día de sorpresas. O, más bien, una semana de sorpresas.

Sorpresas como la que se llevó Kairos cuando entró en el yate y vio a su esposa vestida como una fulana, hasta la hoja de cálculo que Valentina le estaba mostrando en la pantalla del ordenador.

En esa ocasión, ni siquiera el roce de su muslo podía distraer la atención de Kairos.

Tina tenía toneladas de datos en su cuaderno y en su ordenador.

Mientras ella buscaba diferentes archivos, él agarró un cuaderno y lo abrió.

Quizá había más de doscientas páginas llenas de bocetos, vestidos y accesorios. Conjuntos de vestidos, bolsos y sombreros. Fotos de revistas de gente que ambos conocían, las esposas e hijas de los miembros de la junta directiva de Conti. Y a su lado, comentarios acerca de por qué iban vestidas mal. Pequeñas correcciones acerca de su ropa, su maquillaje, su peinado, sus zapatos. Kairos pasó las hojas del cuaderno y después abrió otros cuatro iguales.

En total había ocho cuadernos. Años y años de trabajo.

—¿Cuándo comenzaste a hacer esto?

Ella se encogió de hombros mientras juntaba dos hojas de datos en la pantalla.

–¿A los once o doce años? Como dos años después de que viniera a vivir con Leandro y Luca. Hasta entonces no tenía mucha ropa ni accesorios con los que jugar. Cuando me llevaron de compras por primera vez a una boutique... –su voz se llenó de alegría. Tina se recostó sobre el respaldo de la silla y cerró los ojos con una sonrisa en los labios–. Era como estar en el paraíso. Me pasé todo el día eligiendo vestidos y zapatos, diademas y lazos, cinturones y broches, y más zapatos. Leandro decía que no paraba de mirar hacia atrás.

–¿Por qué? –preguntó Kairos, aunque lo había comprendido.

Una incómoda sensación invadió su pecho.

Se había olvidado de que ella no siempre había estado tan mimada como la rica heredera de la familia Conti.

Valentina Conti no era una verdadera Conti, sino la hija ilegítima que había tenido su madre con un chófer tras haber abandonado a Enzo Conti después de años de maltratos.

Él se preguntaba quién había filtrado la noticia cuando el patriarca, Antonio Conti, y sus nietos, Leandro y Luca Conti habían ocultado la verdad durante años, y también qué le había supuesto a Valentina conocer la verdad.

–Según Luca, yo estaba preocupada por si me abandonaban en la tienda y desaparecían. Dice que yo era una niña flacucha y que me asustaba en cuanto él soltaba mi mano.

–¿Por qué?

Llevaban más de nueve meses casados y no sabía nada de ella. Ni siquiera había estado interesado en ella. Y Kairos sabía cómo afectaba eso a la autoestima. Theseus se lo había hecho a él. Y Kairos nunca se había recuperado.

–No lo recuerdo con mucha claridad. Y lo poco que recuerdo es porque Luca me ha empujado a hacerlo. Para obligarme a recordar. Dice que solía entrar en su habitación o en la de Leandro en mitad de la noche, llorando y asustada. Que durante años me encontraron durmiendo a los pies de su cama, agarrándoles el tobillo con una mano –hizo una pausa–. Lo único que sé es que pasaron meses desde el accidente de mi madre hasta que alguien vino a buscarme. Leandro dice que, cuando me encontró y me dijo que era mi hermano mayor, me agarré a él como un perro furioso.

Kairos le agarró la mano al ver que estaba inmersa en los recuerdos del pasado. Ella le apretó la mano antes de abrir los ojos y mirarlo.

De pronto, comprendía por qué sus hermanos eran tan protectores con ella. Y se daba cuenta de que la vulnerabilidad siempre se había ocultado bajo su personalidad melodramática.

Antes de que él pudiera decir una palabra, ella retiró la mano.

–Valentina, ¿quién filtró la noticia de que no eras una Conti?

–Yo –contestó ella, mirándolo a los ojos.

–¿Por qué? ¿Cómo lo descubriste?

–Sophia sabía que yo estaba triste a tu lado. Luca le había contado las circunstancias de su nacimiento,

y cómo nuestra madre había abandonado a su padre
después de haber aguantado sus monstruosidades durante años. También cómo Leandro buscaba protegerme
de la verdad. Y por qué tú te casaste conmigo. Por primera vez en mi vida, tuve una amiga que se preocupaba
por mí, que confiaba en que tenía el valor suficiente
como para enfrentarme a la verdad.

—¿Qué pensaba que ibas a solucionar? —Sophia
siempre le había caído bien, pero en aquellos momentos deseaba matarla por interferir en su matrimonio.

—Pensaba que la verdad me liberaría de la espiral
de tristeza en la que estaba sumida por tu culpa —se
encogió de hombros otra vez—. Tenía razón. Cuando
me enteré de que no era una Conti, me di cuenta de
que me había aferrado a ello porque me daba una
identidad cuando me sentía sola y asustada. Cuando
descubrí que existía una alianza entre Leandro y tú,
me vine abajo. Si no era Valentina Conti Constantinou, no era nadie. Algo que me repetiste una y otra
vez. Solo era cuestión de tiempo. Tú te enterarías de
la verdad y te darías cuenta de que no habías conseguido lo que querías. Así que me marché.

—Yo no te dejé después de que Luca me truncara
mi lucha por ser el Director Ejecutivo de Conti —dijo
él, sabiendo que era verdad—, y no te habría dejado
por no ser la heredera de la familia Conti.

En lugar de tranquilizarla, sus palabras hicieron que
sus ojos brillaran con enfado.

—¿Te das cuenta de lo arrogante que suena eso?
¿Como si estuvieras haciéndome un favor al quedarte
conmigo? No estaba esperando descubrir qué provocaría que me dejaras.

–Valentina...

–Kairos, por favor, no hagas como si el hecho de que me fuera no supusiera un alivio para ti, después de que recuperaras tu orgullo herido, por supuesto. Era puro teatro, y ya está. Déjalo.

Kairos necesitó mucho autocontrol para dejarlo pasar. ¿Cómo se atrevía a acusarlo de haberse sentido aliviado?

No, su matrimonio no había sido maravilloso. Ni siquiera normal. Ni siquiera se conocían.

Sin embargo, había empezado a contar con ella, incluso con las ridículas escenas que montaba a diario.

Ella se había convertido en una constante en su vida, y él nunca había tenido ninguna.

El deseo de castigarla por haberlo decepcionado, por haber roto su palabra, por considerarlo tan poca cosa, y el dolor que conllevaba ese deseo, le sorprendía.

–Valentina, yo consideraba nuestro matrimonio como algo sagrado. Contaba con que te quedarías a mi lado durante los próximos cincuenta años o más. Que tendrías hijos conmigo, que formaríamos una familia Me ofrecías una imagen de futuro que nunca había deseado antes. Y, cuando no salió como tú querías, te fuiste sin avisar, así que no te atrevas a decirme lo que sentí cuando te marchaste.

Ella se había comportado igual que había hecho Theseus en una ocasión. Él le había dado todo a Kairos y después, se lo había quitado en un abrir y cerrar de ojos.

Quizá debería alegrarse de haber terminado la relación con Valentina. En nueve meses, él se había demostrado que no la necesitaba.

No habría vuelto a verla excepto por los trámites del divorcio, si la situación de Theseus no le hubiese forzado a ir a buscarla.

Y eso era lo que ella le estaba recordando, ella se había marchado. Había roto una promesa. Y eso significaba que no se merecía su respeto.

—Centrémonos en el futuro, como personas adultas —concluyó él.

Valentina sintió que se le formaba un nudo en la garganta a medida que escuchaba las palabras de Kairos.

«Que me marchara le ha resultado doloroso», pensó ella. De ahí las palabras crueles que le dedicó en el yate. No le excusaba por ello, pero explicaba muchas cosas. Ella había acertado. Kairos sentía mucho más de lo que mostraba. Durante unos minutos, él se había mostrado amable con ella. Comprensivo. Interesado por su pasado y por cómo le había afectado. Interesado en ella, en la persona que había bajo el apellido Conti.

No obstante, admitir lo que le había supuesto que ella se marchara le había costado. Desde entonces, había vuelto a erigir una barrera protectora, como si ya le hubiese ofrecido demasiado a Valentina. Después, mientras ella le mostraba más datos, él se comportó como un extraño. El roce de su muslo contra el de ella, o de su brazo contra el lateral de sus pechos, mientras señalaba la pantalla, hizo que ella estuviera muy consciente de su cuerpo.

—¿Qué son todos esos nombres? —preguntó él, señalando lo que ella había marcado.

–Son los nombres del personal al que he llamado en diferentes casas de moda. Vendedores, auxiliares de diseñadores y otros.

Kairos movió el ordenador hacia él y continuó bajando el cursor.

–Hay casi cien entradas. Con fechas y horas.

Valentina intentó liberarse del sentimiento de vulnerabilidad que se había apoderado de ella. Aquello era casi un año de trabajo. Y no tenía nada que mostrar. Durante meses, se había dedicado a hacer llamadas después de su trabajo, y no había conseguido nada.

–He hecho un registro muy completo.

–Ya lo veo. ¿Un registro de qué?

–De las llamadas que he hecho en los últimos meses.

–¿Has llamado a toda esta gente? –preguntó con incredulidad.

Ella trató de quitarle el ordenador, pero él se resistió.

–Contéstame, Valentina.

–Sí. He llamado a todos.

Él pasó el dedo sobre una columna donde ponía *Sí/ No*.

–¿Y esta columna qué significa?

–Si aceptaron dejarme una prenda de ropa, el accesorio o los zapatos que les pedía, o no. Es gente que tiene acceso a la última ropa de diseño. Revistas, casas de moda, distribuidores, vendedores, etcétera.

–¿Para qué necesitas todo esto? Pensaba que ibas a darle la espalda a todo lo que no podías permitirte. ¿Lo quieres para ir a fiestas con tu chulo?

Valentina deseó darle un puñetazo.

–Necesito un portafolio. Como estilista, da igual que sea para un cliente personal o para una marca de diseño, es lo primero que te piden. Lie a Nikolai para que me ayudara a hacer la sesión de fotos, e incluso llamé a una modelo para posar, pero no tenía acceso al vestuario. Sin eso no tengo nada.

–¿Algunas de estas personas no eran tus amigas? Esta, esa...

–Sí.

–Pero pone *no,* junto a su nombre.

–¿Estás siendo tan obtuso a propósito?

Nada más mirarlo supo que no era así.

–Es porque me han dicho que no. No lo dijeron claramente. La mitad no me devolvió las llamadas. Y cuando aparecí en sus lugares de trabajo enviaron a sus empleados para que me dijeran que estaban ocupados.

–¿Por qué?

–Me imagino que porque se había corrido la voz de que Leandro y Luca me habían abandonado y que tú me habías dejado al enterarte de que no era la esperada heredera de los Conti. Solo Nikolai siguió hablando conmigo. Y me consiguió un trabajo. Tardé un mes en comprender que ninguno de mis supuestos amigos lo era en realidad. Tal y como tú decías. Sophia sí me ofreció el contacto de los Rossi, pero le dije que no.

–Eso fue una tontería. El mundo de los negocios no es nada si no tienes redes o contactos. ¿Crees que yo elegí aliarme con Leandro porque no tenía visión para los negocios? ¿Que elegí dirigir la junta de CLG por su política? Tus hermanos y Antonio han tenido miles de contactos. Yo sabía que, si quería avanzar en el mundo de los negocios, necesitaba más. Necesitaba los poderosos contactos que Leandro traía con él. Necesitaba que las familias de siempre me aceptaran en su círculo.

Era la primera vez que mencionaba el acuerdo al que había llegado con Leandro. El acuerdo que había llevado a su matrimonio. No parecía una negociación despiadada como ella se había imaginado.

–¿Me estás dando una explicación de por qué hiciste lo que hiciste? ¿Quizá me estás pidiendo que te perdone?

–No. El acuerdo al que llegamos no es tan inusual. Leandro me conocía. Sabía que yo te trataría bien. Y yo...

Ella lo miró.

–Sin embargo, no me trataste bien.

–Dime una cosa que te haya negado durante nuestro matrimonio.

–Respeto. Afecto. Consideración –«amor».

Su silencio era suficiente respuesta para Tina.

–Si dejo que Sophia me ayude, Luca también se implicaría. Y, si Luca se implica, Leandro movería cielo y tierra para abrirme una puerta. Y pronto, estaría ahogándome de nuevo en los favores de mis hermanos. Me olvidaría de por qué he empezado todo esto. Me convertiría en esa Valentina.

Kairos cerró el ordenador. Ella lo agarró y lo estrechó contra su pecho. Él se lo quitó y lo dejó sobre la mesa.

–¿Por qué has empezado todo esto?

–Ya te lo he dicho. Quiero hacer algo de mí misma.

–Lo que te pregunto es eso, ¿por qué quieres hacer algo de ti misma? ¿Qué necesidad tienes de demostrarte nada? ¿Por qué todo esto si antes ni te molestabas en comprender nada que se alejara del pequeño círculo en el que reinabas?

Ella no podía contarle que él era el motivo. Que deseaba obtener su respeto, su consideración, más que nada en el mundo. Que quería que se sintiera orgulloso de ella.

–Es hora de que me haga responsable de mí misma. Por mi felicidad, por mi vida. Así que ahora que ya has visto lo que he hecho hasta el momento... –abrió el cuaderno– dime de qué manera podrías ayudarme. Sé que hemos hablado de que me recomiendes a algunos amigos, pero, aunque tuvieras éxito y me contrataran como estilista personal, necesitaría este portafolio para impresionarlos. Ahora, con Nikolai y Marissa, tengo un fotógrafo y una modelo. Lo único que necesito es...

–No volverás a trabajar con ese idiota.

–No eres tú el que va a decirme con quién hablo o no. Ya no eres mi marido.

Él le agarró la mano izquierda y comenzó a acariciarle el anillo de boda.

–Oficialmente, lo soy.

Ella retiró la mano.

–Nikolai tiene talento y ha demostrado que...

–Quiere acostarse contigo, Valentina.

–Lo sé. Y no significa que vaya a conseguirlo. O que yo quiera hacerlo.

–No te sientes atraída por él.

Ella deseaba mentir y decirle que sí se sentía

atraída por Nikolai, crearle un poco de la inseguridad que la había acompañado durante todo su matrimonio.

«¡No es un juego, Tina!».

–Nunca he estado interesada en Nikolai. Ni siquiera antes de conocerte... Aunque creo que no fui muy amable al rechazarlo.

–¿Y si te hubiera atacado aquella noche en el yate?

–Lo conozco bien, Kairos. Es un fanfarrón. Y, créeme, me ha castigado bastante con insinuaciones e insultos durante los últimos meses. Ya ha tenido su venganza. Estoy segura de que estará ahí cuando se lo pida.

–No toleraré que merodee a tu alrededor. Solo me entretendrás a mí.

Valentina agarró el ordenador y se puso en pie.

–He sido una idiota al pensar que me tomarías en serio.

Él la agarró del brazo.

–Incluso si te dejo que trabajes con él, no tendrás acceso a la ropa de diseño ni a los accesorios que necesitas. A menos que estuvieras pensando en que yo te los comprara. Siempre y cuando tú...

Ella le cubrió la boca con la mano y su cálida respiración provocó que una oleada de calor la invadiera por dentro, deteniéndose en sus senos y el bajo vientre. Como si él estuviera acariciándole con la boca esos lugares.

–No –dijo ella, y se aclaró la garganta–. No quiero que me compres nada. Solo he aceptado quedarme esa ropa porque mi papel de adorable esposa me lo exige.

Kairos le agarró la mano y la sujetó contra su pecho. Ella notó el latido de su corazón.

–Podrías entrar en la empresa de Theseus y tratar de conseguir tu objetivo de manera diferente.

–¿La empresa de Theseus?

–Es propietario de una empresa de publicidad. Hacen montones de rodajes aquí, y en el extranjero, para diseñar el catálogo de las boutiques de lujo que el grupo Markos tiene por toda Grecia. Con unas prácticas como estilista en esa empresa podrías conseguir una valiosa experiencia y contratos.

–¿Y tú puedes conseguirme un puesto en esa empresa así sin más?

–La mujer que lleva ese departamento es amiga mía. No te pagarán. Chiara tendrá en cuenta que el puesto lo has conseguido gracias a mí.

–Estoy dispuesta a hacer cualquier trabajo si eso significa que estoy un poco más cerca, Kairos. Estar aquí contigo cuando preferiría estar limpiando suelos en la agencia de moda debería demostrarlo.

Él ignoró su comentario.

–Lo único es que Helena está a cargo de esa sección. En el momento que descubra que tú estás allí, interferirá.

–¡No! –exclamó ella antes de asimilar sus palabras.

Una cosa de la que se había percatado durante la última semana era que siempre se sentiría vulnerable respecto a Kairos. Su cercanía ya era lo bastante malo sin añadir a otra mujer que lo deseaba. Una mujer que compartía una historia con él.

Una mujer que provocaba que Valentina se pusiera muy celosa.

Él le sujetó la barbilla.

—No has de tenerle miedo, Valentina. Ella no te hará daño mientras yo esté aquí.

—Que tengas que tranquilizarme ya dice bastante.

—Es a mí a quien quiere.

—Lo sé —dijo ella. Que Helena deseaba a Kairos estaba escrito en cada una de sus sonrisas y comentarios—. Solo voy a hacerte una pregunta. Por favor, Kairos, contéstala con sinceridad.

Él frunció el ceño y le acarició el labio inferior con el pulgar.

—Nunca te he mentido.

—¿Esto es algún tipo de estrategia para ponerla celosa o demostrarle que tienes poder sobre ella? ¿Para conseguir que te desee todavía más?

Al menos, eso era lo que Helena le había insinuado durante la cena del día anterior. Que Kairos estaba utilizando a Valentina para varios propósitos.

—Nunca he jugado a esa clase de juegos. Con nadie.

No, esos estúpidos juegos habían sido su fuerte. Ver las excentricidades de Helena era como ver la peor versión de sí misma.

—Eso no contesta a mi pregunta.

—No deseo a Helena.

—Nunca has...

—*Oxhi!* Nunca deshonraría a Theseus y a Maria de ese modo.

La sensación de alivio que la invadió por dentro asustó a Tina. No era el momento de descubrir la lealtad de Kairos.

—Pero Theseus y Maria te quieren para su hija. Te consideran como un hijo. Es evidente que ellos...

–Que me consideren un hijo es diferente a ser su hijo, Valentina. Al final, la sangre es más importante –suspiró–. Al menos, esa ha sido mi experiencia.

¿Porque la última vez Theseus había elegido a Helena para dirigir la empresa en vez de a él? Tina había llegado a esa conclusión a partir de lo que Helena le había contado esos días. Y por la tensión que había entre Theseus y Kairos cada vez que se sacaba el tema de las empresas.

–No puedo trabajar con Helena.

–Oportunidades como esta no te saldrán a menudo.

–De algún modo...

–No. Si no es este trabajo, será un cliente problemático. Si no es Helena, será otra persona ante la que tendrás que rebajarte. La industria de la moda es despiadada, ya sea aquí o en Milán. Está llena de obstáculos y de personas traicioneras. No hay que avergonzarse por tus defectos. Ni por abandonar.

–¿Abandonar?

–¿No vas a hacerlo? Estarás aquí durante tres meses al menos, y vas a rechazar un puesto en el sector en el que quieres trabajar. Y no me sorprende.

–Tu gran orgullo se vio dañado porque te dejé. Y por eso, me estás castigando, haciendo que trabaje para ella.

–De hecho, siempre he pensado que Helena y tú estabais hechas con el mismo molde. Pura apariencia.

–¿Sabes?, desde el momento en que me dijiste que necesitabas a tu esposa, me estoy preguntando por qué –se detuvo junto a la puerta del jardín. Aquello era como un paraíso. Y compartir habitación con el hombre al que se había entregado en cuerpo y alma, fingiendo que se adoraban el uno al otro, era increíblemente seductor.

–Te he dicho por qué.

–Pero no todo.

Se hizo un silencio.

–¿Y qué te has imaginado?

–Maria me contó que habías corrido junto a Theseus en cuanto te enteraste de lo del ataque al corazón. También que conseguiste contener una adquisición hostil de la junta de su empresa que le habría quitado el control a Theseus. Y Helena mencionó que casi os habíais comprometido. Es evidente que ella te sigue adorando. Aunque hay tensión entre todos vosotros. Está claro que la última vez hubo algo que impidió que Helena y tú estuvierais juntos. Le salvaste la vida y la empresa a Theseus...

–Habla claro, *pethi mu*.

–Creo que viste una oportunidad.

–¿Qué oportunidad podía ser, Valentina?

–Quieres tomar la empresa de Theseus, pero no quieres a su hija. Por eso pretendes fingir que tenemos un matrimonio perfecto. Todavía no he descubierto por qué no te puedes librar de mí y casarte con ella. Así tendrías todo lo que quieres. Lo que sé es que, cuando consigas la empresa, me dejarás a mí, apartarás a Helena y te convertirás en el Director Ejecutivo. ¿Qué más te puede llevar a poner tu vida en espera excepto el hecho de que puedes ganar poder con esta jugada?

Una fría sonrisa apareció en los labios de Kairos.

–Y a mí que me preocupaba que Helena te llenara la cabeza de mentiras.

–¿Estás negando que tu objetivo es conseguir la empresa de Theseus?

–No.

–¿Que me has traído aquí para engañar a esa entrañable pareja y para evitar a Helena?

–No.

–Entonces, ¿dónde está la mentira que he dicho, Kairos?

Tina esperó a que él negara su acusación y le diera otro motivo. Cualquier cosa que pudiera darles otra oportunidad.

–Todo lo que haces es para conseguir más dinero. Más poder. Más contactos –Tina pensaba que había terminado con lo peor, pero le dolió ver tanta frialdad en su mirada–. ¿Por qué esto va a ser diferente, cuando la ambición es lo único que te motiva a hacer las cosas?

Capítulo 7

L A AMBICIÓN es lo único que te motiva a hacer las cosas».

Las palabras de Valentina todavía resonaban en su cabeza un mes después. Kairos bebió otro trago de su whisky y admitió que todavía le molestaba.

Durante años, desde que se había alejado de Theseus, solo había sido capaz de pensar en cómo avanzar, en cómo demostrarle a Theseus, y a sí mismo, que era capaz de salir adelante sin la ayuda de su antiguo mentor. Y sin el legado de Theseus.

En el trayecto, se había creado una reputación por sus tratos despiadados y su experiencia en librarse de las partes poco funcionales de las empresas. Se había olvidado de que en la vida había más cosas que los negocios. Un hecho que Leandro le había comentado cuando lo conoció.

Él sonrió. Aquel hombre era un estratega, pero sus palabras se le quedaron grabadas. Y, cuando vio a Valentina, la deseó al instante. La idea del matrimonio y de formar una familia le había resultado atractiva.

Lo había visto como otro paso adelante en su vida.

Acomodándose en el respaldo de la silla, miró a su alrededor en la discoteca. Al ver a Helena bailando con uno de los miembros de la junta directiva de Markos, se relajó un poco.

La acusación de Valentina había sido correcta e incorrecta al mismo tiempo. Le molestaba que ella pensara tan mal de él, que pensara que podría aprovecharse de Theseus en ese estado. Y, sin embargo, él no le había dado ninguna explicación.

Cuanto más trataba de averiguar Valentina, más deseaba esconderse Kairos.

¿Por qué tenía la sensación de que, si compartía con Valentina una parte de su pasado, sería como entregarle parte de su alma?

La idea lo inquietaba. Ni siquiera el entrenamiento de tres horas diarias que estaba haciendo con vistas a prepararse para un triatlón era suficiente para relajarse.

Y su querida esposa era el motivo.

Había pasado casi un mes desde que ella había aceptado el puesto en la agencia de publicidad. Un mes esperando a recibir una llamada de Chiara diciéndole que Valentina le había dado una bofetada a alguien, o que se había marchado de pronto porque había tenido que trabajar demasiado.

Sin embargo, no había recibido quejas de la jefa de su esposa, ni de Helena, ni de Valentina, acerca del trabajo.

Habían entrado en una rutina como marido y mujer. Salían a correr juntos por la mañana, desayunaban, y después él la llevaba al trabajo y se separaban. La mayoría de las noches cenaban con Theseus y Maria hasta que él o ella volvían a trabajar.

Y después llegaban las noches tortuosas.

Noches en las que le tocaba darse una ducha de

agua fría o desenroscarse a Valentina de su cuerpo en mitad de la noche.

Quería mantener relaciones sexuales. De hecho, era en lo único que podía pensar, y tenía una esposa con la que sexualmente encajaba a la perfección. Entonces, ¿de qué se sentía culpable?

Ella estaba consiguiendo que él cambiara su forma de verla, y lo estaba cambiando a él.

Si no, ¿por qué sentía un nudo en la garganta al ver que tenía ojeras? ¿O que estaba muy cansada durante la cena? ¿Por qué deseaba ver una mirada de adoración en sus ojos?

¿Sería que el celibato lo estaba volviendo sentimental?

Andaxi!

Pidió otra copa y oyó que se hacía un silencio a su alrededor. Al instante, se le erizó el vello de la nuca. El deseo se apoderó de él cuando la miró a los ojos. Y de pronto, él fue incapaz de contener una carcajada. El silencio que volvió a crearse a su alrededor bastó para demostrar que él rara vez se reía así. Debía haberse imaginado que ella haría algo así. Sabía que la mujer en que se había convertido no era algo natural para ella.

Bajo la luz multicolor del local, el vestido superajustado que llevaba con millones de lentejuelas contrastaba con su piel bronceada. Kairos notó que se le secaba la boca. Ella lo miró. Los músculos de sus piernas al moverse... era pura sensualidad en movimiento. Los tacones de aguja hacían que sus piernas parecieran mucho más largas. Y el cabello lo llevaba recogido en su trenza habitual.

Solo él conocía el tacto de su sedoso cabello contra el rostro de un hombre, o cómo servía de anclaje cuando él se introducía en la humedad de su cuerpo. No llevaba más joyas aparte de unos pendientes que le había regalado Luca y el colgante que él le había entregado.

Kairos se agarró a la silla cuando ella llegó junto a la mesa y todos los hombres de alrededor la devoraron con la mirada.

Cuando ella se agachó y lo besó en la mejilla, él percibió su aroma.

—Hola, Kairos —le dijo, y lo abrazó desde detrás.

Él notó la presión de sus senos contra el cuello y tuvo que controlarse para no darse la vuelta y besarla de manera apasionada.

Poco a poco, el deseo inicial se fue calmando y Kairos comenzó a pensar con más claridad.

Durante un mes, ella había tenido mucho cuidado de no tocarlo más que para lo necesario, y siempre que tuvieran público. Aun así, Kairos había percibido su tensión y cómo se sobresaltaba cuando él la tocaba.

De pronto, ella estaba encima de él. Y en lugar de llevarla a una de las salas reservadas para parejas que buscaban intimidad y poseerla contra la pared, Kairos frunció el ceño.

Apoyando un hombro sobre el respaldo de la silla, Tina lo miró.

—¿Has bebido?

—Me he tomado tres copas de vino blanco mientras me vestía en la suite privada de Chiara, después de que me llegaran tus órdenes.

—¿Y has comido algo antes de tomarte el vino?

Ella arrugó la frente.

–Con razón se me ha subido a la cabeza. Tendrás que achacarlo a la sorpresa que me he llevado cuando me has ordenado que me encontrase contigo en una discoteca. Eso es como... –frunció el ceño–, si la Valentina de antes fuera a las rebajas de un centro comercial, o se portara con amabilidad con Claudia Vanderbilt. Bueno, o la nueva Valentina teniendo éxito en algo –se rio.

Bajo el sonido de su risa, Kairos encontró algo desconcertante. Un rastro de dolor. Algo iba mal. Siempre que algo iba mal en el pequeño mundo de su esposa, ella se comportaba como una adolescente rebelde y montaba alguna escena.

A él le había costado comprenderlo. A pesar de ser un hombre inteligente, perdía toda la capacidad de lógica cuando se trataba de Valentina. No obstante, en esa ocasión veía vulnerabilidad en su mirada. El temblor de sus dedos cuando ella agarró su copa para darle un sorbo. Las líneas de tensión en su frente.

Valentina nunca tomaba alcohol. Sin embargo, allí estaba, no completamente borracha, pero sin la cautela y la contención que él había observado en ella durante el último mes.

El reservado tenía forma de U y él estaba sentado en un extremo.

–Déjame ver la parte de atrás de tu vestido –le dijo Kairos.

Ella se volvió, moviéndose con la gracia que había captado su atención el primer día que la vio. Kairos apretó los dientes. Estaba en lo cierto. La tela apenas cubría su trasero. Y ¡cielos!, él deseó acariciárselo, estrecharla contra su cuerpo y demostrarle lo que provocaba en él.

—Me pediste que me reuniera contigo en una discoteca —Tina miró a su alrededor y vio a Helena en la barra, observándolos—. Supuse que era para aparentar delante de Helena.

Él tiró de ella para que se sentara a su lado.

—¿Qué tal te está tratando?

—Nada que no pueda manejar. Excepto por el hecho de que no para de contar fragmentos de tu historia al resto del equipo. La cantidad de favores que te ha hecho Theseus. La cantidad de desencuentros que te has topado en la vida. Creo que todo el mundo del equipo sabe que está hablando de mí.

—Valentina...

—Ella no me molesta, Kairos.

—¿No?

Tina se encogió de hombros.

—Todo lo que intenta meterme en la cabeza me habría vuelto loca si... tú todavía significaras algo para mí —lo miró y sonrió—. En cualquier caso, he venido pertrechada con mis armas.

—¿Armas?

—Ella contonea sus pechos delante de tu cara en cuanto tiene la oportunidad. Yo no tengo pechos grandes. Sin embargo, mis armas son mis piernas, así que he decidido mostrarlas.

Él se frotó el rostro tratando de contenerse, pero, aun así, soltó una carcajada. Le daba la sensación de que ella se iba a ofender y, a juzgar por cómo se agarró a la mesa con fuerza, así fue.

–¿Mis inseguridades sobre mi cuerpo han provocado que surja tu sentido del humor?

Así, sin más, Kairos dejó de sonreír.

–¿De qué diablos estás hablando?

–Del hecho de que durante nueve meses estuve obsesionada por el hecho de no tener melones.

–¿Melones? –él se medio atragantó con el whisky.

Tina se colocó las manos delante del pecho, tal y como hacían los hombres cuando hablaban de pechos grandes.

–Ya sabes...

–Madre mía, ¿por eso empezaste a ponerte esos ridículos sujetadores con *push-up*? ¿Porque pensabas que me gustaban las mujeres con pechos grandes?

Ella se sonrojó.

–Sí, y quería complacerte. Era ingenua y lo bastante tonta como para creer que aparentando que tenía unos pechos grandes, me apreciarías más.

–Odiaba esos sujetadores. Cuando te tocaba, lo único que notaba era la almohadilla –lanzó una maldición–. ¿De dónde te has sacado la idea de que me gustan los pechos grandes?

–De lo que dijiste un día cuando veíamos películas antiguas de Hollywood. Porque nunca dijiste... –miró a otro lado y tragó saliva.

Él la giró para que lo mirara. Ella se humedeció los labios.

–Yo nunca dije ¿qué?, Valentina.

Ella movió las piernas bajo la mesa, pero él no la dejó escapar. Al final, ella terminó con las piernas encima de las de él. Era lo más cerca que habían estado desde hacía meses.

–No sé por qué estamos hablando de esto.

–Porque quiero saberlo.

–Francesca Pellegrini me contó que su marido estaba obsesionado con los pechos grandes –se sonrojó de nuevo–. Y cuando hacíamos el... cuando manteníamos relaciones sexuales nunca dedicabas mucho tiempo a mis senos, así que decidí que no te gustaban. Ya está. ¿Contento? ¿O quieres más detalles humillantes sobre nuestro matrimonio?

–¿No se te ocurrió pensar que a lo mejor tenía prisa por llegar a otros sitios? Que, al contrario del marido de Francesca Pellegrini, ¿quizá a mí me gustan más las piernas? –susurró.

Ella tenía metidas muchas cosas en la cabeza, y todo era culpa suya.

Un sentimiento de vergüenza se instaló en su pecho. Kairos le acarició la pierna con los nudillos y a ella se le entrecortó la respiración.

–Tienes unas piernas larguísimas, *glykia mu*. Eres tan alta que tengo que alargar el cuello cuando te beso. Encajas tan bien conmigo que podría sujetarte contra esa pared y penetrarte en menos de un segundo. Cuando estoy dentro de ti y me rodeas con las piernas... –se aclaró la garganta–. Y, por supuesto, perdóname por no haberme dado cuenta –posó la mirada en su escote y, al instante, sufrió una erección–. Prometo dedicarles más tiempo a tus pechos en un futuro cercano.

Ella se atragantó al oír sus palabras.

–No vas a acercarte a mis pechos.

Él arqueó una ceja.

–Ya lo veremos.

Un camarero les sirvió los aperitivos que él había pedido. Kairos agarró un trozo de queso y se lo acercó a Tina a la boca.

–Come.

Ella negó con la cabeza, lo miró desafiante y bebió otro trago de su whisky.

–Estás comportándote como una niña. Vas a ponerte enferma si mezclas el vino con el whisky. No te sienta bien el alcohol.

–No te gusta bailar, no quieres que beba y no te complace que me divierta. Entonces, ¿a qué he venido? Si es por Helena, debes saber que no se cree lo nuestro.

–Deja que Helena piense lo que quiera.

–Por favor, Kairos. Dime la verdad por una vez. ¿Por qué estás aquí?

–Cuando uno de los miembros de la junta sugirió que viniéramos a ver la nueva discoteca, me apunté. Georgio –señaló al hombre que estaba junto a Helena–, es...

–El hijo de Alexio Kanapalis –dijo ella, dejándolo estupefacto–. Alexio intentó conseguir el voto para expulsar a Theseus de su propia junta. Tú acabaste echándolo a él, pero Georgio se quedó. Así que ahora te preguntas si Georgio está siendo leal a su padre o a Theseus. Por supuesto, que él se muestre tan amistoso con Helena entra dentro de su lista de asuntos molestos.

Kairos miró a Valentina. Ella se rio.

–No soy estúpida. Georgio visita mi departamento todo el rato. Todas las chicas lo rodean cuando viene. A mí me recuerda a Luca.

–Mantente alejada de él, Valentina.

–¿De cuántos hombres vas a pedirme que me mantenga alejada?

Él ignoró la pregunta, pero no consiguió ignorar los celos que lo invadían cuando Tina miraba al otro hombre de rasgos perfectos.

–En más de nueve meses de casados nunca tuviste ni una vaga idea acerca de mis negocios.

–Porque no me importaban, no porque no fuera inteligente.

–¿Y ahora te interesan?

–Sí.

–¿Por qué?

–Porque tan pronto como averigües quién está detrás de todo esto, Theseus y tú llegaréis a un acuerdo, y yo podré salir de tu vida cuanto antes. Y esta vez para siempre.

–No solo he venido a observar a Georgio y Helena –admitió él. Valentina siempre era tan sincera con él... ¿Y él era tan cobarde como para ni siquiera poder admitir cosas pequeñas?–. Has estado trabajando mucho. Pensé que te gustaría cambiar de rutina por una noche.

–¿Te ha comentado Theseus que no me has enseñado nada de los alrededores? ¿O es que Helena ha provocado una muesca en nuestra felicidad eterna?

–¿Tiene que haber un motivo para que me apetezca ver a mi esposa?

–Ah... quieres mantener relaciones sexuales. ¿Qué pensabas? ¿Que si estabas dos horas simpático conmigo te dejaría que me poseyeras en la sala privada? Estoy segura de que hay un montón de mujeres, incluida Helena, que estarán felices de ser tus juguetes sexuales.

Él le sujetó la barbilla con la mano, dejándose llevar por la rabia y el dolor.

–Tus insultos a mi persona empiezan a molestarme, Valentina. ¿Es tan difícil creer que quería ofrecerte una noche fuera de la villa? ¿Lejos del trabajo?

–Sí, lo es. Tú no haces nada sin un motivo u objetivo, Kairos.

Era cierto que él quería vigilar a Helena y a Georgio, pero también quería ofrecerle a Valentina una noche en la ciudad. Él le entregó el paquete que había recibido nada más terminar la llamada con el hermano de Valentina, e ignoró el silencio que se produjo cuando ella lo vio.

Se inclinó hacia ella y la besó en la mejilla. Valentina se puso tensa.

Cielos, tenía la piel tan suave...

Su favorita era la piel de la parte interior de sus muslos, la curva donde su cintura se convertía en cadera, y la piel bajo su nalga derecha, donde tenía otro lunar.

Kairos recordaba su cuerpo como si fuera el mapa de un tesoro.

–Feliz cumpleaños, Valentina.

Ella se quedó de piedra.

–¿Quién te lo ha recordado?

Al ver que no contestaba, ella se volvió hacia él.

–Sé que no eres muy bueno recordando o celebrando cumpleaños o aniversarios.

Él se había reído cuando ella le regaló los gemelos de platino el primer mes de su matrimonio. A él le pareció muy divertido que ella le hubiera comprado regalos caros con el dinero de su hermano, sin pensárselo dos veces.

Ella había fruncido los labios, argumentando que él se estaba riendo de su gesto romántico.

Kairos recordaba el dolor que reflejaba su mirada cuando él comentó que probablemente no le había costado nada cargar el regalo a la tarjeta de su hermano.

Cielos, se había portado como un cretino de primer orden. Si ella se había comportado de forma inmadura y volátil, él había sido cruel y despiadado.

Cuando él se percató de que la esposa que había adquirido como parte de un trato no era la mujer elegante y refinada de la que podía sentirse orgulloso, sino una criatura con deseos y sentimientos, se sintió molesto por ello. Cuando ella le declaró su amor, a él le dio lástima desilusionarla. Tratándola con indiferencia, esperó a que se le pasara. Cuando ella comenzó a portarse mal, él se puso furioso. Nunca se había percatado de la vulnerabilidad que ocultaba bajo su temperamento exaltado e impertinente. Y eso que ella siempre había sido sincera.

No se había enamorado de ella, pero podía haber sido más amable con ella. Era un hombre que tenía éxito en los ambientes hostiles. Podría haberla moldeado para que llegara a ser la esposa que él quería a base de palabras o gestos románticos. Sin embargo, no la había escuchado. Como hombre inteligente que era, no encontraba sentido a sus propios actos. Él la había utilizado solo para una cosa. Y había decidido que volvería a hacerlo antes de dejarla.

–¿Kairos? –lo llamó mientras jugueteaba con los lazos del paquete.

Él se aclaró la garganta.

–Leandro me llamo anoche. Me dijo que era el primer cumpleaños desde hacía años que pasabas lejos de ellos. Me preguntó dónde estabas y en qué te había implicado.

Valentina empujó el regalo con tanta fuerza que el paquete voló hasta el otro lado de la mesa. Después lo fulminó con la mirada.

–Le dije que se mantuviera alejado de mi vida. Y a ti te dije que nuestro trato se acababa si hablabas con alguno de ellos a mis espaldas.

–Le he dicho que esto era algo entre tú y yo –le agarró la muñeca para que no se fuera–. Están preocupados por ti. Sobre lo que estás haciendo a mi lado. Sobre tu trabajo, e incluso sobre tu seguridad.

–Porque nadie cree que soy capaz de cuidar de mí misma. Que soy capaz de ser alguien diferente a una hermana ingenua o una esposa trofeo. No, espera, tú me has dejado claro que he fallado incluso en eso. No soy un buen trofeo, ¿no es así?

De algún modo, ella consiguió liberarse y se marchó, contoneando las caderas entre la multitud.

Kairos no pensaba perseguirla como si fuera un novio loco de amor.

Tal y como él esperaba, Valentina había aguantado un mes sin perder su estado de serenidad.

Había visto numerosas ocasiones en las que ella se había enfadado también. Y Kairos le había dejado claro que no consentiría su temperamento inmaduro.

Valentina volvería a su lado. Siempre lo había hecho.

«Hasta que un día se marchó», dijo su vocecita interior.

Por primera vez en su vida, Kairos tenía que pensar en la posibilidad de que hubiera sido él quien la había alejado. Que no era él el hombre que ella necesitaba.

Castigar a Valentina por marcharse de su lado, seducirla y después, abandonarla. La idea le parecía terrible. ¿Y cuál era la alternativa?

Pasándose las manos por el cabello, Kairos lanzó una maldición.

Lo único que sabía era que no había terminado con ella. Y ella... Cielos, incluso sin habérselo propuesto durante ese mes, aquella mujer lo tenía cautivado. Había pasión entre ellos, y, si él lo permitía, podía llegar a haber respeto e incluso afecto.

¿Podrían disfrutar de una oportunidad?

En esos momentos, lo único que él sabía era que ella estaba dolida, que necesitaba un amigo. Y por una vez, él deseaba ser todo lo que Valentina necesitaba.

Capítulo 8

TINA sabía que se estaba comportando como una niña, tal y como Kairos esperaba. Sabía que estaba dejando que sus emociones gobernaran a la razón una vez más.

No podía quedarse allí sentada, con el regalo que Kairos le había ofrecido por pena y que probablemente le había pedido a la secretaria que lo comprara. Cielos, se odiaba por el hecho de que se le hubiera acelerado el corazón cuando él la besó en la mejilla. O por haberse creado esperanzas cuando él colocó el regalo delante de ella.

No podía enfrentarse a él sabiendo que, tarde o temprano, él descubriría que todo era mentira, que el hecho de verlo día tras día la estaba destrozando.

Se alejó de la pista hacia el interior de la discoteca. Llegó hasta la puerta de una sala VIP y dudó un instante.

Al ver que un empleado de seguridad la dejaba pasar sin inmutarse, entró en la sala.

El silencio era absoluto. El lugar estaba perfectamente insonorizado. Junto a las paredes había sofás de cuero negros y una nevera llena de vino y champán.

Era tentador beber un poco más. Dejarse llevar por la amargura de saber que Kairos tenía razón acerca de ella. No obstante, Valentina sacó una botella de agua. Agarró el mando del equipo de música y lo encendió.

Suspirando, se volvió hacia la pared de cristal y miró hacia la pista de baile.

Percibió la presencia de Kairos a su espalda antes de oírlo. Se giró para mirarlo y lo vio apoyado contra la puerta.

Había sido tonta al pensar que él no la seguiría. ¿Por qué se había dejado atrapar allí dentro? Sobre todo, con el mal humor que tenía.

A pesar de que habían compartido habitación durante el último mes, Valentina no había dejado oportunidad para estar a solas con él. Kairos trabajaba hasta tarde la mayor parte de la noche, encerrado en el estudio con Theseus, y ella después de una jornada de dieciséis horas caía exhausta en la cama.

De pronto, estaban encerrados en una habitación semioscura, donde no se oía nada y el deseo de Kairos era como un aroma del que ella no podía escapar y con el que reaccionaba cada célula de su cuerpo.

Él nunca le había ofrecido nada como esposo, ni una sola frase de halago, ni un solo regalo especial, ni un gesto de afecto, pero saber que se sentía atraído por ella era como un poderoso afrodisiaco. Valentina sentía una falsa sensación de poder sobre él, sobre la situación que compartían.

Se volvió para mirarlo y dijo:

—Vuelve a retomar tu estrategia. Christian me llevará a casa.

Él caminó por la habitación, agarró la botella de agua que ella había dejado sobre la mesa y la vació de un trago.

–Estás disgustada. Has estado disgustada desde el momento en que entraste a la discoteca. ¿Qué ha pasado?

Su preocupación era sincera. Y solo servía para hacerla más débil.

–No voy a salir corriendo en medio de la noche, si eso es lo que te preocupa.

Él pronunció una queja y a ella se le erizó el vello de los brazos.

–Olvídate de la empresa por un segundo, Valentina. Olvídate de Theseus, Maria y Helena. Olvídate de la farsa de nuestro matrimonio. Te estoy pidiendo que me cuentes qué es lo que te ha molestado. Sea lo que sea, lo resolveré.

–No quiero tu ayuda ni el regalo que me has dado por compasión, para que lo sepas.

–No ha sido por compasión. Tengo muchos sentimientos hacia ti, Valentina, pero la compasión no es uno de ellos.

–No quiero más ropa ni joyas ni zapatos. Me duele que me regales ese tipo de cosas cuando te he dicho que ya no me interesan. Y mucho –se abrazó–. Nunca pensé que fueras un hombre especialmente cruel. Sin corazón, sí, pero no cruel.

–No es nada de eso –comentó él–. Y no, no me gusta hacerte daño. Nunca he querido hacértelo. Bueno, excepto la noche que te encontré en el yate.

–¿Y entonces? ¿Qué es el regalo?

–Una suscripción a un canal de televisión donde ponen películas del Oeste. Lo único que tienes que hacer es poner el número que figura en la tarjeta y puedes ver series y películas ilimitadas –hizo una pausa–. El otro día te oí hablar con Theseus sobre ellas. Será una buena manera de pasar el sábado. A él le encanta cuando vas a ver esas películas con él.

–No sé qué decir –se sentía vulnerable, pequeña.

Un rayo de luz iluminó el rostro de Kairos.

–Esa noche fui cruel y duro contigo. En realidad, lo fui durante todo nuestro matrimonio. No sé ser diplomático contigo. No sé cómo suavizar mis palabras. Tú... no eras lo que esperaba. Llenabas tus días con fiestas y yendo de compras. Vestías de forma extravagante. Coqueteabas con todos los hombres que conocías...

–Solo lo hacía después de casarme contigo –gritó ella.

–¿Y eso es mejor? –Kairos habló con suavidad.

Cada vez que él daba un paso hacia Valentina, ella daba un paso atrás.

–Coqueteaba para ponerte celoso. Para llamar tu atención. Coqueteaba con amigos que sabían por qué lo hacía y que se compadecían de mis patéticos esfuerzos, porque estaba casada con una bestia.

Él se quedó de piedra.

–Ni siquiera entonces tuve éxito, ¿verdad? No te interesaste por mí, yo sabía...

–Me volvías loco, Valentina. No podía concentrarme en las reuniones porque no dejaba de pensar a qué fiesta irías esa noche, o con quién coquetearías toda la tarde, o qué escena montarías por el hecho de que yo me negara a cortar mi relación con el único amigo que tenía. Cancelé mis viajes al extranjero porque me preocupaba en qué lío te meterías a mis espaldas. No podía dormir cuando fui a Beijing porque estaba demasiado preocupado por si te quedabas hasta muy tarde con esos amigos tuyos en la discoteca, y sin nadie que te cuidara. Quería una esposa, y tú eras como una niña que deseaba el juguete más caro y brillante —la miró—. No sabía cuándo te hartarías de mí. O cuándo pedirías a tus hermanos que te compraran un nuevo hombre. Ni cuándo decidirías que ya no me querías en tu cama. Tampoco sabía cuándo recibirías a otro hombre en tu interior...

Valentina le dio una bofetada. El sonido retumbó en el silencio. El dolor del impacto comenzó a subir por su brazo, pero no era nada comparado con el dolor que ella sentía en el pecho.

Él echó la cabeza hacia atrás, pero ni siquiera se tocó la mejilla con la mano.

—Nunca he mirado, y mucho menos he pensado en otro hombre desde la primera noche que te vi. Sí, fui ingenua y superficial. No tenía otro propósito en mi vida, pero lo que te di, te lo ofrecí con convicción y lealtad. Querías un robot con el que acostarte por las noches y un trofeo que pudieras mostrar durante el día. No sabes dar, Kairos, pero tampoco sabes recibir. El primer mes... Estaba feliz por los orgasmos que me provocabas. No deberías haberte casado conmigo cuando ni siquiera sabes mantener una relación.

Kairos la agarró por la cintura y la estrechó contra su cuerpo antes de colocar uno de sus muslos entre sus piernas. Al instante, su sexo se humedeció empapando el delgado tanga que llevaba.

Ella gimió cuando intentó moverse hacia atrás y se restregó contra su pierna. Sin soltarla, Kairos la sujetó por la barbilla.

Sus ojos grises brillaban de deseo. La sujetó por la cintura y ella comenzó a jadear.

—Han pasado más de diez meses, Valentina. Me he estado volviendo loco de deseo.

—No te creo. Tú...

—¿Porque soy tan indecente que me acostaría con otra mujer mientras la mía ha desaparecido? ¿Porque para un hombre como yo, ambicioso y despiadado, todas las mujeres son iguales? ¿Porque no te he echado de menos en mi cama con una nostalgia y un deseo que era incapaz de controlar?

—Entonces, ¿por qué no has venido a buscarme?

—Porque no te necesito, Valentina.

Él pronunció las palabras con fuerza, como si así pudiera convertirlas en realidad. Por primera vez, se sentía como un hombre de carne y hueso. Estaba decidido a demostrarle que no la necesitaba. Y más importante todavía, a demostrárselo a sí mismo.

Cualquier pensamiento desapareció cuando él la besó de forma apasionada. El alivio se apoderó de ella. Echaba de menos su cuerpo, la excitación. Sus besos, su insaciable apetito, que le provocaba placer hasta que ella suplicaba que acabara.

Kairos comenzó a juguetear con la lengua en el interior de su boca. Poder. Pasión. Posesión. Sus labios transmitían todo eso.

Ella comenzó a acariciarle los hombros, los brazos, el torso. El sonido de su corazón provocó que aumentara su deseo. Solo esa noche, se prometió. Solo unos besos.

Kairos la sujetó por el cabello y le echó la cabeza hacia atrás. Continuó besándola como si estuviera dispuesto a devorarla. Como si ya no pudiera aguantar más.

Ella gimió y el sonido invadió la habitación. Cerró los ojos y una explosión de color llenó su cuerpo cuando él comenzó a besarle el cuello, mezclando los besos con palabras en griego.

Al sentir que le mordisqueaba el cuello, Valentina se estremeció. Kairos cerró la boca contra su piel y succionó. Valentina notó que se le humedecía la entrepierna todavía más.

—Mírame, *pethi mu*. Mira cómo me pones. Mira en lo que me has convertido.

El deseo se había apoderado de su mirada. Tina se sorprendió al sentir el frío del cristal contra su trasero. Se percató de que él la había llevado hasta el fondo de la habitación. Agarrándolo por la camisa, se esforzó para decir:

—Estamos... pueden...

—Valentina, nadie puede verte excepto yo. Nadie conoce este cuerpo menos yo, *ne*? Deja que sean testigos de cómo me excitas. Deja que te posea aquí en público, donde solo nos separa un cristal de la multitud. ¿Esto te dice algo de mi capacidad de control? ¿Te demuestra que me vuelves loco?

Le levantó el vestido y le acarició las caderas. Ella gimió con fuerza y apretó la entrepierna contra su pelvis. Tan cerca. Tan duro. Con la cabeza echada hacia atrás, Tina se dejó llevar por la sensación.

Kairos la sujetó por el trasero mientras con la otra mano le retiraba el tanga del medio. Mirándola a los ojos, le cubrió la entrepierna con la mano. Despacio, comenzó a explorar y acariciar los pliegues de su sexo.

Tanta intimidad, en un lugar público, provocó que ella se excitara al máximo.

Al cabo de unos minutos, él introdujo los dedos en su cuerpo.

—Estás muy húmeda. Preparada para mí. Como siempre.

Era un comentario lleno de orgullo masculino. Con las palmas apoyadas contra el cristal, ella se estremeció mientras él acariciaba la parte más íntima de su ser una y otra vez.

—Por favor, Kairos —susurró ella, ocultando la boca contra su cuello. Tiró del cuello de su camisa con fuerza, hasta que un botón saltó por los aires. Estaba deseando sentir su piel. Le acarició el cuello con la lengua y saboreó su masculinidad.

Él se quejó y le soltó el trasero. Valentina gimoteó a modo de protesta y él se rio. Con un hábil movimiento, le deshizo el nudo del vestido y se lo bajó hasta las caderas, de forma que Tina se quedó con los senos y el sexo al descubierto, expuesta ante su mirada devoradora.

Kairos posó la mirada sobre sus senos. Tenía los pezones turgentes. La miró a los ojos y se los acarició haciendo círculos sobre sus pezones.

Después, se inclinó y se los lamió despacio, una y otra vez.

—Tenías razón. Fui un idiota por haber ignorado esto. Por no reparar en el placer que podía ofrecerte acariciándote aquí. Nunca más, *pethi mu*. Nunca más volverá a pasar —entonces, como para sellar su promesa, le cubrió un pezón con la boca.

Tina se estremeció, y se separó de la pared mientras él succionaba sobre su pecho. El placer recorrió su cuerpo, desde sus senos hasta la pelvis. Él comenzó a juguetear con la lengua sobre su pecho, y, cuando ella pensaba que no podía más, empezó a hacerle lo mismo en el otro.

Valentina empezó a temblar. Él deslizó la mano hasta su entrepierna y la penetró con un dedo mientras presionaba su clítoris con el pulgar. Ella movió la cabeza y se golpeó contra el cristal. Tina apretó la pelvis contra la mano de Kairos. Estaba a punto de llegar al orgasmo. Cada vez más cerca.

—Abre los ojos, *agapita* —susurró Kairos—. Yo sé lo que te hace llegar al orgasmo.

Tina abrió los ojos. Él tenía la boca sobre su pecho y sus ojos grises se habían oscurecido, algo que solo pasaba cuando estaba muy excitado. Él no dejó de acariciarla, pero fue el ardor de su mirada lo que la llevó al límite.

—Déjate llevar, Valentina —dijo él.

Valentina experimentó un fuerte orgasmo, pero él no paró de acariciarla hasta que ella tensó los músculos del cuerpo, apoyó la frente sobre el hombro de Kairos y le sujetó la muñeca.

—Basta, Kairos. Por favor, ya no más.

Él dejó la mano en su entrepierna para calmar el temblor de sus músculos. Con la otra le retiró un mechón húmedo de la frente. Ternura. Él siempre le había mostrado ternura en la cama. Al menos durante unos minutos.

Cuando Valentina se relajó, una dolorosa sensación de vacío se apoderó de ella. Había prometido que sería capaz de resistirse a él, que nunca volvería a caer entre sus brazos. Y allí estaba, con el vestido arrugado en las caderas, apoyada contra un cristal mientras la multitud bailaba al otro lado.

No obstante, todavía lo deseaba.

Él la besó en la mejilla y en el mentón. Ella lo besó en la boca, decidida a sumirlo en el mismo torbellino de placer. Le mordisqueó el labio inferior y él se quejó.

Él siempre había controlado su vida sexual, cuándo, dónde, cómo. Y esclavizada por el placer que él le ofrecía, ella siempre le había permitido liderar el momento. Ya no.

Le rodeó el cuello con los brazos y lo estrechó contra su cuerpo.

Él la agarró por el trasero y la levantó contra el cristal, acercando su pelvis a su miembro erecto.

Ambos gimieron cuando él empezó a moverse. Cuando le acarició el clítoris con el miembro, ella se estremeció.

–Levanta las manos –le agarró las muñecas y le estiró los brazos. Ella arqueó el cuerpo hacia él. Kairos no la soltó, como si no confiara en ella, pero con la otra mano le acarició el rostro.

Cuando sus dedos se posaron sobre los labios de Tina, ella abrió la boca. Sabía lo que a él le gustaba. Él la había entrenado bien. Aunque nunca había permitido que lo poseyera con la boca, ni siquiera cuando ella se lo ofreció.

Tina era adicta a su placer. Le encantaba sentirse poderosa durante los minutos en que él la deseaba de forma desesperada.

Y era lo que necesitaba esa noche. Necesitaba que

Kairos la deseara con desesperación, igual que ella lo había deseado a él.

Comenzó a succionar sobre cada uno de sus dedos, sabiendo que eso lo volvería loco.

Sin dejar de mirarla, él se soltó el cinturón y se bajó los pantalones.

Valentina no pudo contenerse y se fijó en su miembro erecto. Sin pensarlo, le levantó la camisa para ver su abdomen y la línea de vello que descendía hasta su entrepierna.

Su pene se alargó bajo su atenta mirada, y la humedad de la punta se hizo visible.

Él la apoyó de nuevo contra el cristal y la besó en el cuello. Comenzó a acariciarla de arriba abajo, dispuesto a excitarla otra vez antes de poseerla.

Al cabo de unos instantes, después de quitarle el vestido por completo, le dijo:

—Necesito estar en tu interior. Ahora, Valentina.

Ella levantó la cabeza y contestó:

—No.

Kairos se quedó paralizado y ella se arrodilló frente a él para acariciarle el miembro erecto.

—Valentina, no tienes...

—¿Puedes dejar de controlar por unos momentos? ¿Me dejas participar?

Ella no esperó su respuesta y comenzó a acariciarlo con la lengua.

Lo miró y abrió la boca. Él estaba tenso y su deseo se percibía en cualquier parte de su cuerpo.

Inclinando la cabeza, ella lo poseyó con la boca. Él maldijo y movió las caderas hacia delante.

Al instante, se echó hacia atrás. Estaba perdiendo el control.

Ella repitió el movimiento con la boca y las manos. Él no dijo nada. Cuando ella lo miró, él gimió y ella se estremeció. Él le agarró la cabeza y, cuando ella lo tomaba con fuerza, él empujaba una pizca contra su boca. Cada vez que tocaba su paladar, sus muslos se tensaban un poco más.

Su cuerpo lo traicionó y un fuerte deseo se apoderó de él. Tina aprovechó y comenzó a moverse más deprisa, succionando con más fuerza, intentando que no pudiera pensar en nada más.

Tenía la boca dormida, las rodillas clavadas en el duro mármol, las muñecas le dolían de repetir los movimientos, pero no le importaba.

Todo aquello merecía la pena si su marido conseguía perder el control. Con las manos sobre su cabeza, él dirigía dónde y cómo quería que lo hiciera. Más rápido y más fuerte.

Entonces, de pronto, él se salió de su boca, la agarró por las axilas y la levantó. Ella se tambaleó y él la sujetó con fuerza mientras continuaba acariciándose a sí mismo.

Finalmente, Kairos rugió de placer y derramó su esencia sobre el vientre de Valentina.

Tina lo miró en silencio. Él inclinó la cabeza y la apoyó sobre su hombro.

Valentina no sabía cuánto tiempo permanecieron así. El aroma de sus cuerpos invadía el aire y, cuando él la miró, ella cerró los ojos y él le acarició el mentón, casi con veneración.

Al sentir que él le acariciaba el vientre, ella abrió

los ojos de nuevo. Kairos le estaba limpiando la piel con una servilleta que había encontrado en algún sitio. Después, le recolocó el vestido. Él se subió los pantalones y se abrochó el cinturón con las manos temblorosas. Ella no podía fingir que no estaba afectada por lo que había sucedido. Se dirigió a la nevera y se sirvió un vaso de agua. Nada más bebérselo, notó que él se detenía a su lado.

–Valentina... –le dijo dubitativo.

–Por favor, Kairos. Llévame a casa.

Él la miró durante lo que pareció una eternidad y asintió.

Capítulo 9

VALENTINA se dirigió a su habitación para cambiarse de ropa y después bajó a por una taza de té. En ese momento, Kairos la acorraló.

—Necesito dormir. Yo... noto que me va a empezar un dolor de cabeza.

Él la sujetó por la muñeca y la metió en el estudio que había sido de Theseus.

El olor a madera y tabaco provocó que Tina recordara a su abuelo Antonio. Otro hombre que había pensado que ella no llegaría a nada.

Mientras ella contemplaba la chimenea vacía, Kairos regresó con café, queso y una manzana cortada.

—Come.

Valentina agarró el plato y empezó a comer. Él se sentó en el escalón de la chimenea.

—Valentina, mírame.

Su mirada transmitía preocupación y algo más. Ella forzó una falsa sonrisa.

—Mis rodillas se han llevado la peor parte, pero por lo demás estoy bien.

Él se puso tenso, como si la expresión de su mirada le hubiera hecho dar un paso atrás. ¡Como si ella pudiera hacerle daño!

—Yo nunca... No te he pedido que me hicieras eso.

–Tú me lo hacías a mí –ella se estremeció.

–¿Y por qué hoy?

–Me sentía frustrada, temeraria. El orgasmo que me provocaste me tranquilizó e impidió que hiciera una estupidez. Así que te devolví el favor.

–¿Tranquilizarte? ¿Eso es lo que yo hice? –la miró fijamente a los ojos.

Ella tragó saliva y miró a otro lado. El silencio interminable, la aparente indiferencia... todo había desaparecido y era como si fuera otro hombre el que la observaba. Un hombre al que siempre había percibido bajo su actitud despiadada, pero que nunca había podido alcanzar.

Valentina se esforzó por hablar con normalidad.

–Comparado con las escenas que hacía cuando me disgustaba, hacerle a mi marido una felación probablemente es lo de menos, ¿no?

–No me engañes, Valentina. Lo que ha pasado en la discoteca te ha afectado –colocó una mano sobre el pecho de ella–. Ahí.

Tina notó que se le aceleraba el corazón.

–¿Solo tú puedes tener relaciones esporádicas? ¿Yo no?

–Solo me he acostado con dos mujeres en mi vida. Contigo y con otra novia que tuve. Fue una relación de conveniencia y nos separamos cuando ya no nos aportaba nada. Nunca me han gustado las relaciones esporádicas. Ya te dije que no mantengo relaciones con facilidad. Theseus me apoyó, pero, cuando me alejé de él, tuve que empezar desde cero. Los trabajos así no permiten tener tiempo para relaciones.

–Le propusiste salir a Sophia.

–Porque pensé que encajaríamos. Porque éramos amigos y la admiraba –respiró hondo–. Ella era más lista que yo, y por eso dijo no. Ahora me doy cuenta de que para mí era una elección segura.

Valentina no fue capaz de soportar su ternura, su preocupación. No podía luchar contra su deseo de disfrutar de él así. Y menos ese día.

–Si hubiese sabido que lo único que hacía falta para que te abrieras a mí era una felación, me habría arrodillado hace mucho tiempo –dijo ella.

–¡No seas tan falsa! Deja de actuar como si no hubiera significado nada.

–¿Y qué ha significado, Kairos?

Él la miró como si ella le hubiera dado una bofetada, pero, cuando ella pensó que él iba a marcharse, Kairos la miró pensativo.

–Significa que lo nuestro no ha terminado. Y no me refiero solo al sexo. Significa que esto no tiene que ver solo con Helena y Theseus y nuestro estúpido trato o el divorcio. Se trata de nosotros.

Valentina se quedó sin respiración. El corazón le latía con fuerza. Cuando él se abría de esa manera, cuando permitía que viera sus sentimientos, ella... ¡No! No podía.

Nunca había estado tan asustada por su propia vulnerabilidad.

Valentina caminó hasta la galería, tratando de mantener la calma.

Él se sentó junto a ella en un sofá de mimbre.

–No debería haberte besado. No debería haber perdido el control. Te deseo cada momento del día, pero hoy me he dado cuenta de que lo que tenía planeado para ti estaba equivocado. Y lo que pensaba de ti, también.

—¿Qué planeabas para mí?

—Pensé que podría sacarte de mi cabeza en estos tres meses. Estaba enfadado. Me sentí traicionado cuando te marchaste. Mi ego resultó herido.

Ella soltó una carcajada.

—Por favor... No te hagas el culpable. Yo pensaba conseguir que te arrodillaras ante mí. Iba a hacer que te arrepintieras de querer dejarme.

Kairos apoyó los codos sobre las rodillas y se inclinó hacia delante.

Valentina sintió que se le encogía el corazón al ver que la miraba y sonreía.

—Incluso la noche que no te encontraba supe que no era culpa tuya que nuestro matrimonio no funcionara. Yo... mi orgullo no me permitía aceptar que, aunque ambos tenemos defectos, lo que tú me dabas no tenía precio. No abandonaste por capricho o impulsividad.

—Míranos, tan adultos, ¿verdad? —dijo ella, intentando aligerar el momento—. Adultos tratando una ruptura. Quizá podamos ser amigos, como ocurre en las series norteamericanas.

A Kairos se le nubló la mirada. Por supuesto, era una sugerencia ridícula. Aunque la idea de tener que separarse otra vez cuando por fin ella había conseguido ver su verdadero ser, la hacía estremecer.

—¿Puedes contarme qué ha pasado, Valentina? Te prometo que no seré cruel contigo. Quiero comprenderlo.

Con una promesa, él consiguió derrumbar sus barreras. Kairos nunca prometía nada que no fuera a cumplir.

–Chiara me despidió. Solo a mí me pueden despedir de unas prácticas, ¿verdad?

–¿Hoy?

–Justo antes de que me llamaras. Yo estaba recogiendo las cosas. Me sentía una fracasada.

Él la rodeó con el brazo.

Las lágrimas se agolparon en sus ojos y ella suspiró.

–No seas amable conmigo.

–¿Cuál era la estupidez que habrías hecho hoy? ¿Escapar de nuevo?

–Regresar con mis hermanos. Hoy los he echado de menos –tragó saliva–. Echo de menos los abrazos de Leandro. Y las bromas de Luca. La aceptación de Alexis y los besos de Izzie. También el apoyo silencioso que me brinda Sophia.

–Te adoran, ¿verdad? –dijo él.

–Durante años, desde que Leandro me llevó a vivir con ellos, cada vez que algo iba mal en mi vida, les montaba una rabieta –se rio entre lágrimas–. Los llevaba al límite para ponerlos a prueba.

–¿Para ver hasta dónde podías llegar antes de que te rechazaran? Y si tenía que suceder, ¿preferías saberlo cuanto antes?

–Sí. Hay una cosa que he aprendido durante nuestro matrimonio, y es que todo lo que no me sale bien lo gestiono portándome mal. Lo hacía de vez en cuando, bien porque pensaba que Leandro estaba distante o porque Luca desaparecía durante semanas. Montaba una escena y ellos corrían a tranquilizarme diciéndome que me querían. Yo era muy vulnerable y ellos me mimaron para compensar la pérdida de mi madre, por lo asustada que estaba cuando me encontraron después de su muerte –suspiró–. No había nada que quisiera que no pudiera conseguir. Leandro incluso intentó protegerme de la verdad. Entonces, te conocí y no me seguiste el juego, así que todas mis inseguridades salieron a la luz.

–Hoy, ¿querías que tus hermanos te dijeran que no pasaba nada porque te hubieran despedido?

–Sí. Que no soy inservible. Quería que me protegieran de ti.

–He sido un...

–¿Un idiota creído y...? –dijo ella. Cuando él asintió y se rio, ella añadió–: Palabras de Sophia.

–La última vez que hablé con Chiara me dijo que el equipo te adoraba. Que te consideran un éxito.

–Lo he disfrutado. No es fácil trabajar con Chiara, pero tiene mucho talento. Tenías razón, he aprendido mucho. Hemos estado preparando la colección de otoño. He estado trabajando junto a los diseñadores y sus asistentes. También preparando la campaña de marketing. Ella me ha dejado combinar la ropa y los accesorios. Incluso he elegido algunos modelos para mostrar los conjuntos. He hablado con los fotógrafos, y con los técnicos de iluminación. Había que organizar cientos de cosas para que la presentación de la colección fuera perfecta. En serio... no sé cómo ha pasado. Lo comprobé todo dos o tres veces. Las noches anteriores las pasé llamando a todos los asistentes personales y diseñadores para asegurarme de que todo iría bien. Yo...

–¿Qué ha ido mal?

–En serio, no tengo ni idea. Me he debido de equivocar en algo porque hemos acabado con diez cajas de ropa de baño. Un desastre, porque estamos en octubre y se ha enviado el mismo pedido a once tiendas diferentes. En lugar de abrigos tenemos bermudas. En lugar de pantalones de diseño, tenemos pantalones cortos y tops sin mangas. Todo estaba mal. Los catálogos ni siquiera están preparados. Chiara tenía que solucionar un gran lío y no tiene ni inventario. Los teléfonos no dejaban de sonar. Yo intenté calmar a los gerentes de las tiendas que querían saber qué podían hacer. Cuando entré en su despacho, uno de los vicepresidentes estaba atacándola. Le dije que había sido culpa mía, no de Chiara. Yo... escribí una carta de dimisión y me marché.

—Entonces, ¿ella no te ha despedido?

—Estaba tan abrumada que no ha tenido la oportunidad. Nos quedamos a solas un momento en su despacho. Me miró y me dijo que ya sabía que no debería haberme aceptado. Que sabía que solo le daría problemas.

—Valentina...

—Tenía que hacer un trabajo sencillo y lo he estropeado —se frotó los ojos—. Tenías razón. Debería aceptar que no soy buena en nada.

Kairos le sujetó la barbilla para que lo mirara.

—Eso no es cierto. Fui un idiota por decir eso. Valentina, escúchame. Cometer un error en el trabajo no es el fin del mundo. Lo que importa es lo que hagas después. Lo importante es cuántas veces te puedes levantar después de una caída.

—Entonces, ¿también he fallado en eso? —se rio con frustración—. ¿No te das cuenta, Kairos? Dejar que me besaras, que me acariciaras... Lo que he hecho hoy no me ha salido gratis, no. No ha sido algo insignificante. Verte deshecho... me ha hecho daño. Tú me haces daño. Todo lo que me cuentas sobre tu pasado, lo que dices que sientes por mí... tiene un alto coste. Siempre es una pelea, es como sacar sangre de una piedra. Creo que es como eres. Y, si he aprendido algo a base de observar a mis hermanos y a sus esposas, es que no debería ser así de difícil. La última vez me rompiste el corazón, y si te doy la oportunidad me lo volverás a romper –respiró hondo–. Así que, por favor, si alguna vez te he importado un poco, no me toques. No me beses. No sigas adelante con tus planes.

–Esto... Lo que ha sucedido entre nosotros esta noche, no es nada de lo que debamos avergonzarnos. No es algo que yo vaya a utilizar contra ti.

–Sin embargo, el deseo sexual que sentía por ti es lo que te hizo pensar que yo no dudaría antes de meterme en la cama de otro hombre. Que sería capaz de romper los votos de nuestro matrimonio.

Kairos la sujetó por la barbilla y le obligó a que lo mirara.

–Te estaba provocando. Sabía que no me traicionarías. Yo solo... a veces eres como un huracán. Lo único que quería era contenerte, contener el daño que hiciste a...

–¿Tu reputación? ¿A tus negocios?

–¡Maldita sea, Valentina! ¡A mí! A la manera en que yo quería vivir mi vida. Nunca me había preocupado por nadie. La única manera de sobrevivir fue teniendo el control de mí mismo. Incluso después de venir a vivir con Theseus y Maria, no sé cómo permitir que alguien se acerque a mí. No sé cómo manejar las emociones. No puedo soportar el dolor que acompaña a amar a alguien. No puedo. Y tú... me volvías loco cada día. Rompías mis normas, requerías mi atención incluso cuando no era tu intención y, cuando montabas una de tus escenas, amenazabas mi capacidad de control.

—Pero nunca lo perdiste —susurró ella.

—Me doy cuenta de que cuanto más intentabas que reaccionara, más me retiraba. Se convirtió en una lucha de voluntades. No podía permitir que tuvieras tanto control sobre mí. Estar casado contigo era como pedirle a un hombre que no sabe andar que nade en el océano. Tienes razón. No debería ser tan difícil. Pero no sé si alguna vez será diferente. No puedo cambiar mi manera de ser.

Kairos sabía que ella había comprendido lo que él había dicho porque la vio palidecer. Si las lágrimas se habían agolpado en sus ojos, ella las ocultó bajando la mirada.

Él debería haber sentido que se quitaba un peso de encima. Sin embargo, en lugar de sentirse aliviado por haberle dicho que no tendrían futuro juntos, lo que sentía era un fuerte dolor en el pecho.

—No es culpa tuya, Kairos. Yo lo sé.

Él se arrodilló frente a ella, la agarró de la mano y la miró a los ojos.

—Siento haberte hecho sentir que eres menos de lo que eres. Incluso aunque Chiara te hubiera despedido, no eres una fracasada. Eres la mujer más valiente que conozco. Tuviste mucho valor para separarte de tus hermanos, de mí, de la vida de lujo. Valor para intentar hacer ese portafolio, valor para enfrentarte a tu

marido chantajista y valerte por tu cuenta –la miró–.
Vives tu vida con mucha pasión. Corres un riesgo tras
otro. Y quizá no haya futuro para nosotros, pero todavía te deseo. Desesperadamente. Como si nunca hubiera deseado nada en mi vida. Aunque no te tocaré.
No, a menos que tanto tu mente como tu corazón de-
seen que lo haga.

Tina se dio una larga ducha de agua caliente, se
vistió y regresó a la habitación. No podría quedarse
dormida. Estaba demasiado activada, tenía demasiadas cosas en la cabeza. Y, desde luego, no quería enfrentarse a lo que estaba por llegar. Era irónico, puesto
que había sido ella la que siempre lo había presio-
nado. Había pasado una semana desde la noche de la
discoteca y, desde entonces, había estado evitando a
Kairos. Como siempre, él había sido muy claro con
ella. Le había dicho que nunca cambiaría, que nunca
se abriría a ella. Con eso, ella debería haber salido
corriendo. Sin embargo, sus palabras se habían insta-
lado en su alma. Ella había visto respeto en su mirada.
Ella había visto el brillo del orgullo y el arrepenti-
miento cuando él le había dicho que había tenido el
valor de seguir su camino.

Eso debía ser suficiente, pero ella deseaba algo
más del hombre que había conocido su verdadero ser,
del que la había besado como si no pudiera respirar...

–¿No te podías esconder más tiempo en el baño?

Al oír la voz de Kairos, ella dejó de secarse el pelo
con la toalla. Se encogió de hombros y respiró hondo,
tratando de no mirarlo a través del espejo.

Girándose hacia el vestidor, Tina sacó un pantalón corto, una camiseta y un sujetador deportivo. Después, se recogió el cabello en una coleta.

Apenas había empezado a andar cuando él le cortó el paso.

—¿Adónde vas?

—Voy a salir a correr. Estoy demasiado inquieta como para dormir.

—Son las once y media de la noche. Y, si sigues corriendo, desaparecerás.

Antes de que ella pudiera pestañear, él le quitó la ropa de las manos y la tiró sobre la cama.

—¿Te está funcionando, Valentina?

—¿El qué?

—Evitarme. ¿Te ayuda a sentir menos dolor por estar conmigo? Porque, si es así, tendrás que compartir el secreto conmigo.

—No lo sé... No. No está ayudando. Eres como un trozo de tarta de chocolate ante la que una no se puede resistir, aunque sepa que engorda.

Él soltó una carcajada.

—Hoy he hablado con Chiara.

—No puedo volver a un trabajo donde no solo no me quieren, sino que ni siquiera puedo hacerlo bien, Kairos. ¿Cómo voy a enfrentarme a mis compañeros cuando vean que he regresado porque mi poderoso marido me ha recomendado?

—Bien —dijo él, con un brillo de humor en la mirada—. Quizá me equivoqué al pensar que te gustaría oír lo que Chiara me ha contado de Helena.

Después de soltar la bomba, Kairos se dirigió al balcón contiguo a la habitación.

–¿Qué quieres decir?

–Siéntate y a lo mejor te lo cuento –la atrajo hacia sí y ella se lo permitió.

Al sentir la presión de sus muslos, ella se puso alerta. Esa vez había algo nuevo entre ellos. Ternura. Compenetración. La conexión que ella anhelaba desde hacía tanto tiempo. Era como si, de pronto, pudieran verse el uno al otro con claridad. Y cuanto más veía de Kairos, más le gustaba.

–He estado pensando en lo que me dijiste.

–¿Qué parte? –preguntó él.

–Lo de levantarme para planificar mi próxima jugada. Encontraré otra manera de conseguir mi objetivo. Trabajar con Chiara me ha dado la seguridad de que estoy en el campo adecuado, y de que puedo trabajar duro si hace falta. Que tengo un talento natural para la moda. Solo se trata de encontrar la oportunidad adecuada.

Él le dedicó una sonrisa llena de alegría y admiración.

–Me alegra oírlo.

–Entonces... Bueno, *efharisto*, Kairos.

–No tienes que agradecérmelo, no he hecho nada.

–Gracias por estar ahí cuando me encontré el primer obstáculo. Por demostrarme que cuando me encontrara con el siguiente, lo único que tenía que hacer era emborracharme, ir a una discoteca y quizá encontrar a un chico que...

–Si terminas la frase corres el riesgo de hacerte daño, Valentina.

Sus palabras provocaron que ella soltara una carcajada. Cuando Kairos le tendió una copa de vino, ella bebió un sorbo y suspiró.

—Solo una copa —añadió.

—Confiaba en que no las contaras. Confiaba en que te emborracharas y salirme con la mía. Me gustas bebida.

—Ja, ja... No es divertido. Te gusta lo que hago cuando he bebido.

—¿Demasiado tórrido para que sea una broma? —puso una amplia sonrisa.

Tina se preguntaba si se le derretiría la ropa interior.

—Algo así, sí —contestó, y nuevamente disfrutó de la risa de Kairos.

—Siempre me ha gustado tu sinceridad, *agapita*. Está bien, no más de una copa.

Kairos la rodeó con un brazo por los hombros y le acarició la piel. No había nada sexual en sus caricias, sin embargo, a ella se le aceleró la respiración. La intimidad del momento era incluso mayor que la que habían compartido en la discoteca.

—¿Te das cuenta de que nunca hemos pasado tiempo así? ¿Sin discutir, o sin arrancarnos la ropa? —comentó ella.

—Umm, aunque a mí siempre me gustó la parte de arrancarnos la ropa.

Ambos se rieron.

—Hoy es el cumpleaños de mi madre —dijo él, rompiendo el silencio.

—¿La echas de menos?

—Sí. Le habrías caído bien. Era como tú... audaz.

Ella le agarró la mano, se la acercó a la boca y se la besó.

–Me gustaría saber más cosas acerca de ella.

Él permaneció en silencio tanto rato que Tina suspiró. No podía obligarlo a que compartiera su pasado con ella. De pronto, Kairos comenzó a hablar.

–Era una prostituta. Me alimentaba gracias al dinero que ganaba con ese... trabajo. Hasta que enfermó y se quedó en nada.

A pesar de la luz de la luna, Kairos vio que Valentina se ponía pálida. Ella pestañeó para contener las lágrimas. Solo entonces, él se percató de que le había contado algo que solo le había contado a otra persona. A Theseus.

–Siento que...

–¿Que provenga de un pasado tan oscuro?

–Que perdieras a la madre que querías. Da igual cuál fuera su elección. Yo sé lo que se siente al perder a alguien querido.

¿Por qué se había olvidado de que Valentina tampoco había tenido una infancia tranquila? ¿Que ella conocía mejor que nadie el dolor que implicaba querer a alguien?

–¿Te avergüenzas de quien era?

–No. Nunca. ¿Por qué se te ocurre tal cosa?

–Porque eres muy reservado, Kairos. Ni siquiera cuando escribieron sobre ti en esa revista de negocios hablaron sobre tu pasado. Hablaban de uno de los más famosos ejecutivos menores de treinta años y era como si hubieses nacido a los veintitrés, convertido en un hombre de negocios.

Él hizo una mueca.

No se sentía avergonzado, pero durante años había ocultado sus raíces. Se había alejado de hombres que podían haber sido sus amigos, porque sentía que no pertenecía al grupo a causa de sus orígenes.

–¿Cómo llegaste a vivir con Theseus y Maria?

Él se preparó porque sabía que Valentina no pararía hasta que le contara todo.

–Maria y Theseus vinieron a una de las zonas más pobres de Atenas y él me atrapó después de que yo cortara las asas del bolso de Maria y comenzara a correr.

Kairos oyó que Valentina suspiraba y sintió que se le encogía el corazón. Los recuerdos inundaron su cabeza. La pobreza. La porquería. La lucha por sobrevivir un día más. Valentina le agarró la mano con fuerza y lo besó en el cuello.

–No sientas lástima por mí, Valentina. Por eso nunca hablo sobre mi pasado, porque cambia la percepción que la gente tiene sobre mí. En lugar de ver a un hombre poderoso, ven a un hombre afectado por su pasado.

Ella se acurrucó contra él, como si Kairos no la hubiera regañado.

–O ven a un hombre que ha conseguido hacer algo con su vida, aunque todo fuera en su contra. Sigues tratándome como si no conociera nada más del mundo aparte de la alta costura y la vida privilegiada, Kairos. Si Leandro no hubiese convencido a Antonio de que yo debía estar a su lado, si él no me hubiera encontrado y me hubiera llevado a vivir con ellos, ¿dónde crees que estaría hoy? Crees que me he olvidado del miedo de que nadie se preocupara por mí. Solo porque actúe como si eso no tuviera importancia, no significa que no me acompañe a diario.

Él la miró y solo vio comprensión en sus ojos. Una vez más, se percató de que esa comprensión siempre había estado allí para él. La idea de que Valentina era mucho más de lo que él había deseado encontrar en una esposa. Era como si, en el fondo, siempre lo hubiera sabido.

¿Era por eso por lo que siempre había mantenido las distancias? ¿Por lo que él la trataba con indiferencia cuando oía sus apasionadas declaraciones?

Valentina le acarició el mentón con cariño, y Kairos confirmó que a partir de la noche de la discusión disfrutaban de una intimidad diferente.

Valentina le estaba robando pedazos de su persona. Él intentaba evitarlo, ya que el temor se estaba apoderando de él, pero sus tiernas caricias lo hacían estar allí, en el presente. Con ella.

–¿Cuántos años tenías?

–¿Once? ¿Doce? –Kairos se pasó la mano por el rostro–. Yo era un animal salvaje que hubiera hecho lo posible por sobrevivir un día más. Me aterrorizaba que pudiera entregarme a la policía. Theseus era muy fuerte en esa época. Me sujetó durante quince minutos mientras yo trataba de escapar. Dejé de pelear cuando me dijo que no me entregaría. Y me sorprendió cuando me llevó a su casa. El primer año temía que cambiara de opinión y me echara. Cuando cumplí los trece años, Theseus y Maria me adoptaron de forma oficial.

–Entonces, ¿por qué los abandonaste?

A Kairos la pregunta le sentó como una bofetada.

–Ya sabes la respuesta.

–No, no la sé. Lo único que tengo son conjeturas hechas a partir de los comentarios de Helena y de lo que tú me muestras.

Kairos miró a Valentina y percibió verdadera preocupación en su rostro. Ni lástima ni disgusto. Una emoción verdadera que siempre había estado allí, pero que él no estaba preparado para aceptar.

—Había llegado el momento de ver mundo, de abrir las alas. De conseguir cosas mejores.

—¿Quieres decir de encontrar una heredera más rica y quizá menos loca que Helena?

Ambos se rieron, porque ambos sabían que él estaba tratando de obviar el tema. Por un lado, deseaba que ella insistiera sin piedad, por otro, no quería volverla a ver.

Era el mismo tormento al que se enfrentaba noche tras noche.

Cada célula de su cuerpo deseaba tener a Valentina a su lado. Seducirla, atraparla con sus caricias, prometerle todo lo que ella deseara. Formar una familia con ella, llenar su vida de risas y dramas y todo lo que ella aportara. Quería ser egoísta y tomar lo que deseaba, a pesar de la vulnerabilidad que expresaba su mirada. Por otro lado, la idea lo asustaba. Valentina suponía un peligro para él, y lo encaminaría hacia un lugar donde solo le esperaba sufrimiento.

Pronto tendría que tomar una decisión, porque estaba seguro de que ella lo dejaría cuando terminara el plazo si él no se decidía a ir a buscarla.

La idea de que Valentina saliera para siempre de su vida le resultaba insoportable.

Capítulo 10

TINA había pensado evitar la fiesta que Kairos y Helena habían organizado para celebrar el cincuenta aniversario de Theseus y Maria. Lo cierto era que tenía miedo de enfrentarse a lo que estaba sucediendo entre Kairos y ella. Después de que él le contara que había sido Helena la que había hecho mal los pedidos, algo que Chiara había pensado desde un principio, Tina había regresado al trabajo.

Verlo noche tras noche empezaba a afectarla demasiado. No podían mirarse sin que hubiera tensión sexual entre ambos. Era como esperar la erupción de un volcán. Ella notaba que él estaba dubitativo, por su manera de mirarla, como si quisiera devorarla, por cómo evitaba tocarla, como si temiera perder el control. La manera en que hablaban de todo, menos del futuro. Mantenían una amistad, aunque a él no le gustaba llamarla así. Hablaban del trabajo, de los amigos comunes... De la vida.

Aquella noche, ella deseaba esconderse. De él, de Theseus y Maria. De Helena y de todos los miembros de la junta que querían conocer a Valentina Constantinou. Deseaba que el mundo desapareciera y quedarse a solas con Kairos para poder...

¿Poder qué? ¿Dilucidar a dónde se dirigían? ¿Estaba dispuesta a pasar por todo ese sufrimiento otra vez? ¿Estaba preparada para esperar eternamente si lo que quería era que el paso lo diera él?

Kairos le había ordenado que asistiera a la fiesta. Aquella mañana, durante el desayuno, le había dicho que era requerida como su esposa. Durante el día, ella no había podido poner excusas, ya que él ni siquiera contestó a sus llamadas.

Al final, decidió que no quería discutir con Kairos otra vez. No quería presionarlo, porque tenía la sensación de que ambos estaban en un momento delicado.

Valentina llegó a Markos Villa con el vestido y los zapatos que se había comprado a la hora de la comida con la tarjeta de Kairos.

Faltaban un par de horas para la puesta de sol, pero el cielo ya estaba anaranjado. Las mesas estaban decoradas con lamparitas y orquídeas. En un extremo había una barra de bar y, entre las carpas, una pequeña pista de baile de madera.

¡Cincuenta años! Theseus y Maria estaban celebrando los cincuenta años de matrimonio. De estar juntos. De pertenecer el uno al otro. Algo que ella deseaba tener con el Kairos que iba descubriendo poco a poco. Tras un suspiro, subió por las escaleras de la villa.

En el interior, el ambiente era mucho más relajado que en el jardín. Tenía la sensación de que algo iba mal. Mientras caminaba por la casa y se servía un vaso de agua en la cocina, la sensación empeoró. ¿Dónde estaban Theseus, Maria y Helena?

Tina subió por las escaleras que llevaban al piso de

arriba. De pronto, deseaba ver a Kairos. Que él la tranquilizara diciéndole que todo iba bien. Al pasar por delante de la habitación principal, la de Theseus y Maria, oyó la discusión. Su intención no era pararse a escuchar, pero durante el último mes se sentía cada vez más unida a la anciana pareja. A pesar de la tensión que había entre Kairos, su hija y ellos, Theseus y Maria disfrutaban de una relación muy fuerte como marido y mujer. Un amor inquebrantable como el que Tina quería tener en su propia vida. Una unión basada en el respeto, el humor y el cariño profundo. Incluso se preguntaba cómo una pareja tan encantadora podía haber tenido una hija como Helena. A Valentina nunca se le habría ocurrido pararse a escuchar, pero Maria estaba gritando y pronunciaba el nombre de Kairos, así que no pudo evitar detenerse.

A pesar de que ya comprendía bastante el griego, la conversación de Maria era difícil de entender. Le estaba suplicando a Theseus que no echara a su hija. Que le diera a Helena otra oportunidad para demostrar la verdad. Que fuera a ver la prueba con sus propios ojos.

¿La verdadera naturaleza de Kairos? ¿Una prueba?

¿Theseus pensaba echar a Helena de la empresa? ¿Cómo podía hacerle eso a su propia hija? ¿Lo habría convencido Kairos? Tina se estremeció. ¿De qué clase de prueba hablaban? ¿Qué era lo que Helena tenía que demostrar a sus padres? Helena había tratado de convencer a Valentina del amor que había entre Kairos y ella. No había funcionado. Después, había intentado deshacerse de ella boicoteando su trabajo. No había funcionado.

¿Qué habría preparado después?

Con el corazón acelerado, Tina llegó al dormitorio que compartía con Kairos. Dejó las bolsas en el suelo y miró a su alrededor. El escritorio de Kairos estaba lleno de papeles, como siempre, pero nada parecía fuera de lugar. Oyó el ruido de la ducha. Entonces, se percató de que había un trozo de seda azul en la puerta que daba a la galería. El primer día, había descubierto que la puerta del otro lado de la galería era la habitación de Helena.

Tina sabía quién entraría en su dormitorio en cuestión de segundos. Todavía podía escuchar la voz de Theseus y la de Maria, a punto de romper a llorar. Ella no quería esperar a ver quién entraba desde la galería. Se quitó la blusa. Después, los pantalones. Cuando llegó a la ducha solo llevaba un conjunto de ropa interior. La silueta musculosa que había al otro lado de la mampara, la hizo dudar un instante.

Respiró hondo, se quitó la ropa interior y entró en la ducha.

El agua caía sobre el cuerpo de Kairos y ella no podía dejar de mirarlo. Su torso cubierto por una fina capa de vello. La línea que atravesaba su vientre hasta llegar a su pelvis. Las piernas fuertes como las de un gladiador.

Entonces, se fijó en su miembro. Estaba erecto y se curvaba hacia su vientre.

Al recordar la sensación de él moviéndose en su interior, pronunció un gemido.

—Si no dejas de mirarme así, en menos de dos segundos estaré en tu interior. Me da igual si es sufrimiento, debilidad, o las promesas que quieres recibir de mí. Soy un hombre, Valentina.

Tina lo miró, y sus pezones se pusieron turgentes. Cuando él posó la mirada sobre sus senos, y descendió hasta su entrepierna, Tina comenzó a temblar y se dio la vuelta.

Un segundo más, y habría suplicado que la poseyera.

Desde el momento en que él le retiró el vestido de novia aquella noche, ella descubrió que le encantaba el sexo. Sin embargo, ese día, encerrada en aquel cubículo de cristal, lo único que sentía era nostalgia. Un deseo de pertenencia. El anhelo de poseerlo en cuerpo y alma.

Ella apoyó la frente contra la pared, confiando en encontrar un motivo por el que aquello no era una buena idea.

Notó que él se movía y, aunque no la tocó, el calor que desprendía su cuerpo era como una manta sobre su piel.

—¿Valentina? —le acarició el cuello, la espalda, mientras colocaba la otra mano sobre su cadera.

Con un gruñido, la atrajo hacia sí, hasta que su erección se acopló entre sus nalgas.

—Espera —dijo ella.

—¿Ahora quién está castigando a quién, *pethi mu*?

—Nunca te haría eso —susurró Tina—. Ella planea algo, Kairos. No sé qué es, pero no podía permitir que ellos pensaran eso de ti.

—¿Quién planea qué?

Ella no tenía respuesta. Se oían voces fuera del baño... Maria apremiando a Theseus.

Kairos estaba furioso.

—¿La has visto?

–Solo un poco de su vestido. Ese vestido de seda color turquesa que había elegido para hoy.

Él no contestó.

Valentina cerró el grifo y agarró una toalla.

–Saldré primero –le dijo.

Kairos no le haría daño a Helena, por muy enfadado que estuviera, pero ella se daba cuenta de que tenía que esforzarse por controlarse. Nunca lo había visto así.

Lo que Helena se disponía a hacer, lo que Theseus y Maria habrían visto si Valentina no hubiese actuado con rapidez... era algo sucio y repugnante. Y había alcanzado su límite.

Ella percibía su rabia y su frustración, pero también, por primera vez desde que lo había conocido, el profundo afecto que sentía por Theseus. Kairos quería a ese hombre y a su esposa. Estaba escrito en su rostro atormentado.

Convertirse en el Director Ejecutivo de la empresa no significaba nada para él. Solo le importaba el amor de Theseus, su opinión acerca de él.

Le habría dolido muchísimo si Theseus y Maria lo hubieran encontrado en la ducha con Helena. Finalmente, veía la verdadera imagen del hombre con el que se había casado. Un hombre sensible oculto bajo una coraza. Era la primera vez en su vida que Tina percibía el dolor de otra persona. La primera vez que sentía la necesidad de hacer algo para aliviar su sufrimiento.

Deseaba abrazarlo y no dejarlo marchar. Sin embargo, lo comprendía. Y sabía que él rechazaría cualquier consuelo que ella pudiera ofrecerle.

–No... no los avergüences –dijo él, entre dientes.

Confusa, lo miró un instante. Después, asintió.

Él haría cualquier cosa por protegerlos del sufrimiento. Incluso aunque fuera a provocárselo su propia hija. Estaría dispuesto a hacer cualquier cosa para ocultar la realidad de Helena a Theseus. Para protegerlo.

Incluso fingir que amaba a la mujer impulsiva y juvenil que lo había abandonado sin decirle nada.

Valentina se cubrió con la toalla, puso una sonrisa y salió de allí.

Agarró otra toalla y se cubrió el cabello. Respiró hondo para deshacer el nudo que tenía en la garganta. Forzó un tono de voz alegre y dijo:

—Espera a ver mi vestido, Kairos. No vas a querer salir de la habitación.

Capítulo 11

DURANTE toda la fiesta, Tina esperó a que Kairos estallara.

Quizá no delante de Theseus y Maria. Sí, después de la celebración de su aniversario de boda.

Quizá no delante de los invitados.

¿En privado? ¿Solo entre ellos? ¿Al menos se enfrentaría a Helena para ver si era cierto lo que sospechaban?

¡No!

Su marido había actuado como si nada hubiera sucedido.

Helena apareció minutos después de que sus padres, Kairos y Valentina empezaran a dar la bienvenida a los invitados.

Kairos agarró el brazo de Valentina con fuerza.

–Mantente alejada de esto, Valentina.

–Pero ella...

–No es de tu incumbencia.

–¿Cómo puedes decir eso? Si yo no hubiera...

–Has representado el papel que yo te pedí, ¿verdad? Aunque te saliste del camino para conseguir tu objetivo. Eso te lo agradezco. Sin embargo, Helena es asunto mío, y solo mío.

El dolor se manifestaba con fuerza por primera vez

en la vida, Tina trató de olvidarse del suyo y pensar en Kairos.

Estaba sufriendo y cargaba contra ella, pero no se lo permitiría. Delante de todos los invitados, ella le sujetó por la barbilla y le acercó la boca a la suya. Hasta que no pudiera escapar de la verdad de su mirada.

—Lo hice porque me preocupas, porque no puedo soportar verte sufriendo. No me cierres las puertas de nuevo, no después de todo lo que hemos compartido en estos meses. Por favor, Kairos, no me des la espalda.

No esperó su respuesta. Le había dicho lo que quería decir, lo que pensaba hacer.

Helena llevaba un vestido azul que la hacía parecer una muñeca. Parecía inocente... pura farsa.

Tina se alisó el vestido verde esmeralda que llevaba. Dejaba sus hombros al descubierto y era largo hasta los tobillos, con una abertura en el lateral. El cabello, recogido en una trenza.

Por mucho que intentara mantenerse al margen de la ocasión, se dejó llevar por el ambiente acogedor de la celebración. Bailó con Theseus, y con un hombre joven que le dijo que Kairos no se merecía tener dos bellas mujeres a su alrededor.

Kairos bailó con Maria primero. Después, sacó a Helena a la pista de baile durante una canción.

A Valentina, no la sacó a bailar. Estuvo toda la noche mirándola, como si estuviera desnudándola con los ojos. Era como si estuviera poniendo a prueba sus palabras, como si no confiara en ellas. Como si odiara creerla.

Cada vez que sus miradas se encontraban, ella lo miraba con desafío y decisión. Para dejarle claro que esa vez no se echaría atrás.

Pronto, se encontró rodeada de hombres y mujeres que querían que les contara historias de su infancia junto a sus poderosos hermanos.

Al contrario que Conti Luxury Goods, Markos Group era una empresa pequeña con mucho sentido de comunidad. La mayoría de los miembros de la junta y de los empleados llevaban más de veinte años en la empresa y todos eran leales a Theseus, lo que hacía que una adquisición hostil fuera algo mucho más grave.

Incluso después de siete años, Kairos se había marchado a los veintiún años, su confianza en él era absoluta. Y que él sucedería a Theseus como Director Ejecutivo, una conclusión innecesaria. Ella había oído historias acerca de la amabilidad de Kairos, de su capacidad de liderazgo, de su ética laboral y de cómo había aprendido las claves del negocio bajo la dirección de Theseus.

Cuando se acercaba la noche, encendieron unas lamparitas en las mesas y en los laterales de los caminos.

Durante la cena, los invitados dieron varios discursos y Theseus y Maria se miraban sonrientes como si fueran uno. Helena también habló, aunque sobre todo acerca del legado que dejaba Theseus, como si ya se hubiera marchado.

Cuando Kairos levantó su copa, la multitud quedó en silencio.

–Por Theseus y Maria... sois... –tragó saliva para

contener sus emociones–. Por otros cincuenta años –concluyó sin más.

Maria rompió a llorar y abrazó a Kairos por la cintura. Se hizo un gran silencio, como si el tiempo se hubiera detenido. Helena frunció el ceño. Theseus apoyó la mano sobre la espalda de su esposa. Su expresión era de preocupación.

No obstante, fue la reacción de Kairos la que hizo que a Tina se le formara un nudo en el pecho. Él se había quedado muy quieto cuando Maria lo abrazó. Los hombros rígidos, la mandíbula muy tensa. Solo sus ojos transmitían alguna emoción, un dolor tan intenso que Tina tuvo que mirar hacia otro lado. Los segundos parecían minutos y Maria seguía llorando en silencio, con el rostro oculto contra el torso de Kairos.

Tina agarró la mano de Kairos y se la sacudió un poco.

–¿Kairos?

Él reaccionó y volvió a la realidad. Le dio unos golpecitos en la espalda a Maria y permitió que Theseus la retirara de su lado.

Theseus se puso en pie, levantó su copa y anunció que se retiraba.

–Es algo que debería haber hecho hace años –dijo, mirando a Kairos–. Os anuncio que Kairos Constantinou será el nuevo Director Ejecutivo de las empresas del grupo Markos.

Los invitados comenzaron a aplaudir. Al ver la cara de Helena, Tina sintió miedo.

Helena odiaba a Kairos, y eso la horrorizaba, pero bajo ese temor, estaba la idea de que él había conseguido lo que buscaba.

Él era el Director Ejecutivo.

Lo que significaba que ya no necesitaba a Tina.

Mientras que ella... acababa de darse cuenta de lo enamorada que estaba de él.

Hacia la medianoche, Tina se retiró al piso de arriba. Theseus se había cansado pronto y Tina lo había convencido para que se retirara con Maria. Puesto que Helena había desaparecido desde hacía varias horas, ella había asumido el papel de anfitriona. Y había permanecido con una sonrisa hasta que se marchó el último invitado.

Una vez arriba, notó que le empezaba a doler la cabeza. Los empleados ya habían recogido casi todo y la villa se hallaba en silencio.

Kairos no estaba por ningún sitio.

Se dio una ducha rápida y se puso el pijama. Estaba nerviosa, pero trató de convencerse de que él iría a buscarla. Sabía que sentía algo por ella y eso sería suficiente. Conseguiría que funcionara. Estaban hechos para estar juntos.

Se quedó dormida, con la misma idea revoloteando en su cabeza.

Tina se despertó de repente, con una intensa inquietud.

La habitación se hallaba completamente a oscuras. Las cortinas estaban cerradas. Tina se giró en la cama y encendió la lámpara de la mesilla.

Kairos estaba sentado en la butaca de la esquina, con una botella de whisky medio vacía. Y sin vaso. Se había quitado la chaqueta y la corbata.

Llevaba la camisa desabrochada hasta el abdomen. Y daban ganas de acariciarle su piel aceitunada.

Sin embargo, fue la expresión de su rostro la que provocó que a ella se le acelerara la respiración.

–¿Kairos?

–Se te ha caído el tirante del salto de cama.

–¿Qué? –ella tardó unos segundos en comprender sus palabras. Sonrojándose, se recolocó el tirante y se cubrió el pecho que tenía al descubierto.

Algo iba mal. Su manera de mirarla le inquietaba.

–¿Por qué estás sentado ahí? Solo, y en la oscuridad.

Él se humedeció el labio inferior y respondió.

–Me preguntaba si debía despertarte o no.

–¿Despertarme? –repitió ella, como si no pudiera concentrarse en sus palabras–. ¿Ocurre algo con Theseus y Maria? Ella no tenía buena cara...

Se calló cuando él se acercó y la miró de arriba abajo. El salto de cama que había elegido era de color rosa pálido y le llegaba por encima de las rodillas. Sin embargo, dejaba al descubierto la mayor parte de sus muslos.

Kairos soltó una carcajada y ella se sobresaltó.

–¿Qué te parece tan divertido?

–Tus piernas.

–¿Mis piernas?

–¿Has elegido ese salto de cama a propósito?

–Estaba muy cansada y, sinceramente, no pensé que vendrías pronto a la cama.

–Lo pones muy difícil, Tina. Siempre haces que todo sea muy duro –susurró él.

Ella no podía dejar de mirar su entrepierna. El bulto de su erección provocó que se le acelerara el corazón.

Él se rio de nuevo, y ella levantó la mirada rápidamente.

–Eso también, *glykia mu.* Siempre estoy a la altura *ne?*

–Sí, siempre –ella sonrió–. Kairos, ¿cuánto has bebido?

Sin contestar, él agarró la botella y bebió otro trago.

–Tú no bebes –añadió ella.

–Normalmente, no. Mi madre... Te he hablado de ella *ne?*

–Sí –repuso Tina.

–Ella odiaba lo que tenía que hacer para poder alimentarme. Así que cada noche, bebía mientras se preparaba para ir al... trabajo. Bebía hasta que regresaba a casa. Durante años, bebía para olvidar la realidad. Al final, tenía el hígado destrozado. Yo odio el alcohol. Y la promesa de que suaviza las cosas, pero no es verdad.

Miró la botella que tenía en la mano y la golpeó contra la mesa. El cristal se rompió al instante y él se cortó la mano.

Valentina se acercó a él.

–*Oxhi,* Valentina! –él la sujetó por las caderas–. Hay cristales por todas partes. Estás descalza.

La sangre de su mano manchó su camisa.

–¿Kairos?

–¿Sí, *agapita*?

–Tu mano... ¿me dejas que te la cure?

Él asintió y la soltó.

Tina se dirigió al baño y regresó con el botiquín. Le curó la herida en silencio y se la cubrió con una gasa. Después, empujó los cristales rotos debajo de la mesa y lo miró.

Él la miraba como si quisiera devorarla y no supiera por dónde empezar.

La sujetó entre sus piernas y acercó el rostro a su vientre.

–Hueles de maravilla –le dijo, y la abrazó–. Es como si fueras el único sitio donde puedo aterrizar, Valentina. Eres peligrosa, y supones una amenaza para mi salud mental.

Tina le acarició el cabello mientras él ocultaba el rostro contra su vientre.

–¿Kairos?

–Te necesito, *agapita*. Mucho... esta noche.

–Estoy aquí, Kairos. Siempre he estado aquí, para ti.

Él la sujetó por el trasero y la estrechó contra su rostro. Al instante, un fuerte deseo se había apoderado de ella.

Kairos le acarició las piernas y los muslos. Metió las manos bajo la tela y le acarició las nalgas. Después la levantó y la colocó de pie, casi sobre sus hombros, de forma que su boca quedaba junto a su sexo.

Tina tragó saliva para contener un gemido. Deseaba que él tomara lo que necesitara.

Kairos respiró con suavidad y la intensa sensación provocó que ella se echara hacia atrás. Él la sujetó como si nunca fuera a dejarla marchar.

Como si ella fuera su salvación.

Kairos la besó en la entrepierna y ella le clavó las uñas en el cuello.

Él comenzó a acariciarle los pliegues con la lengua y ella arqueó el cuerpo y se estremeció. Cuando él la mordisqueó con suavidad, apenas pudo contenerse y comenzó a gemir con fuerza. Él le levantó el salto de cama y la dejó completamente desnuda, sin nada que se interpusiera entre su boca y la piel de Valentina.

La sujetó de nuevo por el trasero y la acarició con la lengua allí donde ella más lo deseaba. Una y otra vez, provocando que se olvidara de todo lo demás. Sin tregua. Ella gimió, se agarró a sus brazos y comenzó a moverse contra su boca.

Al momento, llegó al lugar donde solo Kairos podía transportarla. Tensó los músculos y se dejó llevar por el placer, sin dejar de temblar.

De algún modo, consiguió soltarle el cinturón y desabrocharle el pantalón. Entonces, le acarició el miembro con decisión.

—Quiero estar dentro de ti, Valentina. Ahora.

Ella se colocó a horcajadas sobre él y permitió que la penetrara de un solo movimiento.

Kairos lanzó una maldición. Ella suspiró y comenzó a temblar.

Poco a poco, el pánico se apoderó de ella. Ya nunca podría liberarse de él. Y, si Kairos la rechazaba, no volvería a recuperarse.

—Shh... *agapi mu*... —susurró él contra su sien. Después, la acarició para tranquilizarla.

La besó en los labios y en el cuello, como si tuviera todo el tiempo del mundo. Como si se conformara con estar dentro de ella.

–No me había olvidado de lo bien que me siento dentro de ti, pero no me he dado cuenta de que después de tantos meses... ¿te he hecho daño?

Ella lo miró y le acarició el cabello.

–Dame un minuto.

–¿Quieres que pare?

–¡No! Solo tengo que volver a acostumbrarme a ti –movió las caderas un poco.

–Tómate el tiempo que necesites.

Ella ocultó el rostro contra su hombro y trató de contener las lágrimas. ¿Tenían tiempo? ¿Querría estar a su lado para siempre?

Agarrándose a sus hombros, Valentina arqueó la espalda y comenzó a moverse de arriba abajo. La tensión disminuyó y empezó a disfrutar de la sensación. Él comenzó a juguetear con sus pezones, provocando que se intensificara su deseo.

Ella lo besó en la boca de forma apasionada, para decirle todo lo que no podía pronunciar.

–Te quiero para mí, Kairos.

En un momento, él la llevó hasta la cama. Se quitó la ropa y se colocó sobre ella para penetrarla otra vez. En esa ocasión, Tina estaba preparada.

La sujetó por las caderas y comenzó a moverse despacio, tomándose su tiempo.

Y volviéndola loca.

–Más rápido, Kairos. Más fuerte –le suplicó, consciente de lo que él necesitaba. Deseando ser todo lo que él anhelaba.

No lo deseaba.

Era todo lo que él anhelaba. Ella lo comprendía, lo

quería y no había nada a lo que no se enfrentara por él. Nadie con quien no luchara por estar a su lado.

Lo único que necesitaba era que él se percatara. Conseguir que comprendiera que estaban hechos el uno para el otro.

Le acarició los hombros y el torso. Probó el sabor de su piel. Le mordisqueó el cuello.

Él la besó en la sien y comentó:

—No quiero hacerte daño.

—No me lo harás. Puedo aceptar lo que me ofreces, Kairos. ¿Todavía no lo sabes?

Cuando él comenzó a moverse con más fuerza, ella lo besó en la sien e inhaló su aroma.

Fueran cuales fueran sus ambiciones, lo que lo había convertido en el hombre que era, lo amaba. Y lucharía por él.

Capítulo 12

KAIROS no pudo evitarlo. Abrazó a Valentina y la besó en el cuello. Todavía tenía la piel húmeda, después de la ducha que se habían dado una hora antes.

Aquella noche la había poseído varias veces. Incluso en la ducha, después de enjabonarla, la había acorralado contra la pared y la había poseído de nuevo.

Se sentía como si hubiera corrido un maratón, y le dolía el cuerpo.

Valentina se había quedado dormida como de costumbre, acurrucada a su lado, pero él siempre era incapaz de dormir. Normalmente, deseaba levantarse y alejarse de ella.

En cambio, esa noche no. No había deseado marcharse. No había deseado quedarse solo. No. Eso no estaba bien.

No quería dejarla. Estar con ella era como estar en el paraíso.

La había visto trabajar duro para satisfacer a Chiara, para encontrar su lugar en el mundo de la moda.

La había visto preocuparse por Theseus y Maria durante el último mes. Había ayudado a Theseus a elegir un collar de diamantes para Maria y, cuando él le ofreció que eligiera uno para ella, Valentina solo pidió que la considerara una amiga. Nada más.

–Te cae bien –le había dicho Kairos después, en su dormitorio–. Y tú a él.

–Caigo bien a la mayoría de la gente, Kairos. Soy divertida la mayor parte del tiempo. ¿Y quién no adoraría a Theseus? Es una pena que Helena no se preocupe por sus padres. Yo nunca conocí a mi padre, pero al menos sé cómo imaginármelo. Theseus... él me recuerda a ti.

Kairos la miró sorprendido.

–¿Qué? –ella no se imaginaba lo que eso significaba para él.

–O, más bien, me imagino cómo serás dentro de cuarenta años. Si tú...

Él la acorraló contra la pared.

–Si yo, ¿qué?

–Si aprendes a ser más divertido y comunicativo y menos taciturno.

Antes de que él pudiera castigarla por tanta insolencia, ella se había escapado de su lado.

Y en esa manera que Tina tenía de mirar a Theseus con nostalgia y adoración, él vio similitudes entre ellos.

Igual que él, ella nunca había abandonado a la niña asustada que era. Sin embargo, había fuego en su interior y por una noche, él había deseado lo que ella le ofrecía.

Cuando amaneció, él la despertó con besos y caricias, deseando penetrarla una vez más. Abrazarla, sentir esa intimidad que compartían.

Ella gimió al sentir que él le estaba acariciando los pechos. Acercó el trasero hacia el cuerpo de Kairos y, cuando él le preguntó si podía poseerla así, desde atrás, ella contestó que sí. Kairos comenzó acariciándola con el miembro y jugueteó sobre su clítoris con un dedo hasta que el deseo de ambos se hizo insoportable. Cuando ella estaba a punto de alcanzar el clímax y susurró su nombre una y otra vez, él se preparó para dejarse llevar por el orgasmo.

Y cada vez que eso sucedía, y se dejaba llevar por el placer de estar en su interior, él sentía que ella le robaba otro pedazo de su ser.

Sin embargo, sabía que no podría querer a Valentina, y que no podría soportar que ella le hiciera lo mismo que le habían hecho otras personas que le habían dicho que lo querían.

Prefería herirla en ese mismo instante que destruirla más tarde, en el nombre del amor.

Al despertar, Kairos la encontró sentada en la butaca que él había ocupado la noche anterior. Recién duchada y vestida con su camisa, parecía una sirena. Una mujer capaz de tener valor y ternura al mismo tiempo.

Sus miradas se encontraron y él percibió demasiadas emociones en sus ojos.

–Vuelve a la cama –le dijo, y abrió el edredón.

Sin decir palabra, Tina se metió en la cama, confiando por completo en él.

Kairos la abrazó y ocultó el rostro contra su pelo.

–¿No vas a preguntarme por lo de anoche? –susurró él.

Ella le agarró la mano y le besó la palma.

–Ya me lo contarás cuando estés preparado.

–¿Qué significa eso?

Ella suspiró.

—¿Me lo preguntas para saberlo o para molestarme?

Él le dio una palmada en el trasero y ella se rio.

El sonido de su risa hizo que él se relajara un poco.

—Significa que independientemente de que compartas o no tu pasado, de que sigas actuando como un oso gruñón o un tierno unicornio, de si pierdes los nervios o me sometes a esos duros silencios... nada cambiará mi forma de verte, o lo que pienso sobre ti. Creo que por fin conozco al verdadero Kairos. Y nada ni nadie hará que no confíe en ti. Ni siquiera tú.

—¿Y si me hubieras encontrado en la ducha con ella?

—Entonces, la habría sacado de los pelos y le habría dado una bofetada. Como quería hacer antes de que me detuvieras.

—¿Tu confianza en mí es tan absoluta, Valentina?

—Sí, lo es.

La seguridad que transmitía su respuesta bastó para que Kairos se derrumbara.

—Ella les contó que había sido yo el que la había dejado embarazada.

Valentina se movió como para levantarse, pero él la sujetó.

Ella suspiró y le agarró la mano con más fuerza.

—¿Helena?

—Sí. Ella... Yo... Uno de sus amigos, él salió corriendo en cuanto ella se lo contó. Ella y yo... nunca hemos sido amigos, básicamente ella me toleraba. Theseus quería que ella mostrara interés en la empresa y ella lo hizo, siempre y cuando pudiera mantener su extravagante estilo de vida. Cuando Theseus se enteró de que estaba embarazada, se enfadó mucho.

Aquello era demasiado para él. La amenazó con echarla si ella no cambiaba de manera de actuar, si no se tranquilizaba. Ella comprendió que él estaba dispuesto a darme a mí el control de todo.

–¿Así que les contó a sus padres que habías sido tú quien la había dejado embarazada? ¿Y qué hizo Theseus? –lo besó en la muñeca, tratando de decirle que estaba de su lado.

–Theseus... –se aclaró la garganta, deseando ser un hombre diferente– decidió que Helena y yo deberíamos casarnos y tener el mismo poder sobre la empresa.

–¿Y qué dijiste al oír su propuesta?

–Acepté. Le dije que haría lo que me pidiera.

–¿Estabas dispuesto a ser el padre de la criatura de otro hombre?

–Sí. Solo le pedí que creyera que yo nunca había tocado a su hija.

–¿Y él te creyó?

–No. Ni siquiera me miraba. Creo que ni siquiera le importaba si Helena y yo habíamos estado juntos. No obstante, cuando yo insistía, no me decía que me creía. Al negarme su confianza, me quitó todo lo que me había entregado antes. Me sentía como si volviera a ser un niño huérfano mirando por una ventana cómo eran las familias de verdad. Ni siquiera recuerdo haberme enfadado por las mentiras de Helena. Me sentía traicionado por él. Le dije que no quería la empresa si no tenía su respeto. Su confianza –«su amor».

Theseus había elegido las mentiras de Helena antes que la verdad de Kairos, y eso era lo que a él le había partido el corazón. Por eso se había marchado.

Tina se sentó en la cama y se cubrió con la sábana.

Él estaba tenso, como si estuviera reviviendo el momento. La angustia de sus ojos solo demostraba que ella estaba en lo cierto. Bajo esa apariencia despiadada, había un gran corazón.

Tina lo agarró por el mentón y lo atrajo hacia sí. Él estaba muy rígido, pero a ella no le importó. Solo quería decirle que no estaba solo. Que comprendía su dolor. Que estaba bien haber querido tanto a Theseus como para que ese sufrimiento todavía estuviera presente tantos años después.

Que era un hombre bueno, el mejor que había conocido. Que su hermano Leandro había tomado la decisión correcta, y que había elegido para ella el mejor hombre de todos.

Aunque después de lo que habían compartido en los últimos días, ella se sentía demasiado frágil.

Así que hizo lo único que pudo.

Se acercó a él gateando, apoyó las manos sobre sus hombros y se inclinó hasta que sus narices se rozaron.

Despacio, lo besó en la boca. Le acarició los labios con la lengua y lo oyó suspirar cuando sus pezones turgentes le rozaron el torso.

Cuando él separó los labios, ella introdujo la lengua en el interior de su boca y él comenzó a besarla de forma apasionada. Y como si Kairos hubiera necesitado sus caricias para superar ese momento, resopló para mantener el control. Salió de la cama, se puso la ropa interior que se había quitado la noche anterior y se acercó a mirar por la ventana.

Ella se contuvo para no decir nada. No iba a suplicarle nada, pero tampoco se iba a retirar. Se vistió de nuevo con la camisa de Kairos, y se la abrochó.

Despacio, como si estuviera tratando con un animal herido, se acercó a su lado. Al cabo de unos instantes, él le rodeó los hombros con un brazo y la estrechó contra su cuerpo.

–¿Qué pasó en la fiesta? Algo cambió.

–Comprendí por qué Theseus no me creyó hace siete años. O por qué se convenció de que Helena estaba diciendo la verdad.

Valentina lo rodeó con un brazo por la cintura.

–Aun así regresaste cuando te enteraste de que estaba enfermo.

–¿Cómo no iba a venir? Él... –se calló un instante–. Él me entregó el mundo, Valentina. ¿Cómo no iba a correr a su lado cuando me necesitaba? Cuando después de años de vivir en la calle, él me había mostrado afecto y compasión. Cuando me convirtió en todo lo que soy hoy.

–Descubriste quién se hallaba detrás de la adquisición hostil. Por eso estabas...

–Helena estaba conchabada con Alexio en todo momento, sí. Pero fue la cartera de Maria la que hizo que todo se tambaleara.

–¿Maria habría ido en contra de Theseus? ¿Por qué?

–Creo que Theseus no me creyó acerca de lo de Helena porque Maria le contó que me había visto en la cama con ella.

–¿Maria respaldó la historia de Helena a pesar de que sabía que era mentira?

–Helena estaba desesperada y Maria no podía decirle que no a su hija. Ella siempre había sido amable conmigo y creo que pensaba que no salía malparado casándome con Helena.

–La estás excusando. Y el sentimiento de culpabilidad estaba acabando con ella. Por eso lloró sobre tu hombro de esa manera. Por eso no paraba de decir que lo sentía.

Kairos asintió.

–¿Y por qué le iba a dar su cartera a Helena? ¿Por qué iba a engañar a Theseus?

–Theseus es muy testarudo. Sabía que su salud se estaba deteriorando y no bajaba el ritmo. Maria me dijo el primer día que le había suplicado que me pidiera ayuda. Ella estaba asustada por su salud. Así que, junto con la insistencia de Helena, Maria firmó para darle un poder a su hija. Así Alexio tendría el voto de confianza y podría comenzar a poner en contra de Theseus a los hombres que le habían sido fieles hasta el momento. Hombres que realmente se preocupaban por la empresa. Hombres que pensaban que Alexio era el mejor entre dos malas elecciones. Y así, provocaron el ataque al corazón a Theseus.

–¿Y cómo lo impediste si Maria ya había firmado el poder? Ah, ya lo entiendo. Ellos te consideran el verdadero sucesor de Theseus, entonces, al ver que habías regresado, decidieron no respaldar a Alexio.

Él esbozó una sonrisa.

–Una vez más, soy la mejor opción para la empresa.

–No puedes pensar eso, Kairos. Me han tratado como si fuera parte de la familia, como si ser la esposa de Kairos Constantinou fuera algo en sí mismo. Ellos confían en ti. Eres tú el que siempre los has mantenido a distancia. El que se aísla. Ojalá pudiera hacértelo ver...

Kairos la besó en los nudillos.

—¿Qué?

—Ojalá pudiera cambiarte, solo un poquito.

—Valentina... confías en mí después de cómo te he tratado y eso significa mucho para mí. Es un regalo que nunca había esperado.

—Estoy llena de sorpresas de ese tipo —bromeó ella—. ¿Qué pasó entonces?

—Cuando Maria me vio junto a Theseus a las pocas horas de que sufriera el ataque, cuando vio que Helena se había preocupado más por la empresa que por su padre... creo que empezó a cambiar de idea.

—Así que Helena cambió de opinión y les dijo que realmente te había querido durante todos estos años. Y como tú no querías contarle a Theseus la verdad, tuviste que traerme aquí. ¿Le has contado que Maria lo había engañado?

—No haré nada que pueda hacerle daño. Y te prohíbo que le digas nada.

—¿Y si Maria decide apoyar a Helena para siempre? Kairos, no viste la expresión de su mirada cuando él hizo el anuncio. ¿Y si, incluso esta noche, Helena tenía el apoyo de Maria?

—Nunca será bueno que Helena y yo estemos aquí. Ella les hará daño con tal de llegar hasta mí, para romper la pequeña confianza que resiste entre Theseus y yo. No puedo hacer que Theseus pase por eso. No puedo volver a ver desilusión en su mirada. No voy a contarle que su esposa desde hace cincuenta años le ha mentido para proteger a su hija.

—Maria debería protegerte a ti también.

—Escúchame, Valentina. Has de guardar en secreto todo lo que te he contado en esta habitación. Yo ya he

empezado a buscar a otra persona para el cargo de
Director Ejecutivo. Alguien externo e imparcial. Helena dejará de tener un cargo en la empresa. En cuanto
la localice le diré que tiene su cartera en un fondo y
que recibirá unos ingresos más que decentes. Más
adelante, no tendrá acciones en la empresa. Con
suerte, así dejará de tratar de destruir la vida de sus
padres. Lo que planeaba hace dos noches, habría destrozado a Theseus.

–¿Y cuando todo esté tal y como quieres?

–Permaneceré en la junta puesto que Theseus in-
siste en pasarme su cartera. Y supervisaré las cosas de
cuando en cuando. Por lo demás, he terminado aquí.

El mensaje no podía haber sido más contundente.

Tina se apoyó en la pared. Las lágrimas se agolparon en su garganta y ella trató de contenerlas.

–Quieres decir que ya no me necesitas en este papel –comentó ella.

–*Ne*.

Ella señaló la cama donde momentos antes él le
había hecho el amor una vez más.

–¿Qué fue eso? ¿Los cuatro orgasmos eran regalos
de despedida para que te recordara siempre?

Él se frotó el rostro.

–Era yo, siendo egoísta, débil. Necesitando una vía
de escape –miró a otro lado–. Gestionar las mentiras de
Maria, los engaños de Helena... todo eso me ha demostrado que no tengo estómago para esto.

–Miéntete todo lo que quieras, Kairos, pero no
compares lo que siento por ti con ellos.

–No lo pongas difícil, Valentina. Dentro de cuatro
días tengo un viaje a Alemania. Me iré casi tres sema-

nas. Estoy intentando dejarlo todo atado antes de irme. Creo que tú deberías regresar a...

—¿Al agujero del que he salido?

—Como decías, Helena se va a poner furiosa. Ha volcado toda su rabia contra mí. No tengo ni idea de qué va a hacer, pero preferiría que tú estuvieras a kilómetros de distancia.

—*Per piacere*, Kairos! Trátame con respeto y cuéntame el verdadero motivo —estaba furiosa—. ¿He de enviarte los papeles del divorcio? ¿He de decirles a mis hermanos que vayan a por ti para que pueda llevarme la mitad de todo lo que posees? ¿Qué significa que me vaya de aquí, Kairos? ¡Explícamelo!

Él permaneció en silencio unos instantes.

—Significa divorcio. Significa que podrás quitarme todo lo que tengo. Que harás que me arrodille ante ti.

—¡Eres un bastardo!

—No tienes ni idea de lo cerca que estás de la verdad.

—No me refería a eso. Podías haberme dejado en paz. No deberías haberme dejado pensar que no eres más que un cretino, Kairos.

Él le cubrió las mejillas con las manos.

—Lo soy, Valentina. Lo que siento hacia Theseus es agradecimiento. ¿No te das cuenta? Tenías razón. Solo es una transacción para mí. Él me dio todo, así que le devuelvo lo que puedo.

—Eso no es cierto.

—Contigo me he equivocado. Te mereces mucho más de lo que un hombre puede ofrecerte, Valentina. Te mereces mucho más de lo que yo puedo darte.

—Has elegido no hacerlo.

—No sé cómo amarte, Valentina. Y no quiero aprender. Dile a Leandro que hizo una mala apuesta. Dile que se equivocó conmigo. Dile... –le acarició el labio inferior– que no me merezco el preciado regalo que me hizo.

–¡Tienes razón! –exclamó ella–. No me mereces. Siempre pensé que no era lo bastante buena para ti. Que tenía que ganarme tu amor. Ahora sé que no tiene nada que ver conmigo. El cobarde eres tú, Kairos. No me mereces. Quieres elegir una vida miserable en lugar de confiar en mí, en lugar de darnos una oportunidad. Entonces, por favor, quédate en el otro dormitorio hasta que te vayas de viaje.

–Puedo organizarte un vuelo de regreso a Milán para esta misma noche.

Ella se separó de él con brusquedad.

–No soy yo la que se marcha, eres tú.

–Valentina...

–Me quedan tres semanas más con Chiara. La gente cuenta con que acabe mi trabajo. No les decepcionaré. No desapareceré en mitad de la noche de la vida de Theseus y Maria, como si hubiera hecho algo malo.

–No quiero que te quedes –dijo Kairos–. Helena...

–Puedo ocuparme de Helena. Al menos, sé lo que esperar de ella. Quiero terminar mi trabajo. Maria también necesitará a alguien que se ocupe de ella.

Él dio un paso adelante, pero ella negó con la cabeza y dio un paso atrás.

–Adiós, Kairos.

Capítulo 13

KAIROS miró las páginas de sociedad de una importante revista de moda online y notó que se le aceleraba la respiración.

Valentina aparecía riéndose en la foto, entre su amigo Nikolai y Ethan King, un magnate de la industria textil norteamericano, cuya floreciente alianza con Conti Luxury Goods era la última hora en las noticias.

Él sabía que Leandro buscaba un nuevo Director Ejecutivo para CLG. El premio que le había ofrecido a Kairos en un principio. El premio que Kairos consideraba suficientemente importante como para aceptar a Valentina.

Leandro se había retirado después de descubrir que él había tenido un hijo con Alexis siete años antes. Cuando Kairos lo había mirado de forma inquisitiva, él se había reído y le había dicho que ya lo comprendería algún día.

Luca se había casado con Sophia, quien dirigía la empresa de su padrastro. Él nunca había tenido interés en CLG, excepto para boicotear a Kairos, porque Luca suponía que Kairos haría sufrir a su hermana. Y tenía razón.

Ethan King era una buena elección para la junta de CLG.

Kairos miró la foto de nuevo.

Ella se había peinado con la melena hacia un lado. Llevaba un pantalón rosa que resaltaba sus piernas y una cadena fina en el cuello, que desaparecía bajo la blusa.

Kairos pasó más fotos para ver si todavía conservaba el colgante que él le había comprado, pero no consiguió verlo.

¿Qué diablos estaba haciendo?

Abrazada a Nikolai y a Ethan, con los ojos brillando de alegría, estaba preciosa.

Parecía... feliz.

Habían pasado siete semanas desde que la vio por última vez. Desde que ella le había dicho que terminaría su trabajo antes de marcharse. Desde que él se había alejado de su vida.

Cuando Kairos regresó de Alemania, ella ya se había marchado.

La primera vez que ella se había marchado de su lado, él se había enfadado.

Esa vez, se sentía como si ella se hubiera llevado una parte de su ser. Como si lo hubiera partido en pedazos y ya nunca pudiera estar entero. Todo le parecía aburrido. Como si al mundo se le hubiera borrado el color.

Él estaba convencido de que había hecho lo correcto para ella. Por una vez, había antepuesto la felicidad y el bienestar de Tina a sus propias ambiciones.

De algún modo, conseguía pasar los días.

Hasta que recibió los papeles del divorcio.

Hasta que ella volvió a salir en las noticias. Se había asociado con Sophia y tenían una boutique para clientes que necesitaban una estilista personal.

Incluso había salido en un programa de televisión hablando de su trabajo. Los medios la adoraban.

Kairos escuchó una entrevista que le habían hecho en televisión.

—«Siempre pensé que no tenía talento, pero entonces me di cuenta de que estaba perdiendo mi potencial al no usar los contactos que tenía. Me asocié con mi cuñada y montamos la boutique. Fue ella la que me dio la idea. Sophia es una gran ejecutiva, pero siempre tenía problemas para vestirse. Me encanta ayudar a la gente a sentirse cómoda y segura al mismo tiempo. Todo el mundo necesita un estilista» —en esos momentos, aparecen sus hermanos vestidos con un traje gris, y ella se acerca a ellos—. «Incluso mis atractivos y poderosos hermanos, los Conti».

Kairos cerró el ordenador con fuerza. Había mirado el mismo vídeo cientos de veces.

Leandro y Luca habían participado en el programa para apoyar a su hermana y hacerle publicidad.

Valentina había encontrado su lugar en el mundo.

Él debía alegrarse por ella.

Algún día, un hombre se daría cuenta de lo maravillosa que era, y la amaría tal y como se merecía.

De pronto, la foto de Valentina y Ethan King riéndose en una discoteca, invadió su cabeza.

Maldiciendo, Kairos se dirigió a la ventana.

No se podía imaginar a otro hombre abrazando a su esposa, acariciándola, besándola. A Valentina entregando su corazón a otro hombre.

Debía firmar los papeles del divorcio y terminar con ella.

Concederle lo que necesitaba.

Por una vez en la vida, él había hecho la elección correcta. Entonces, ¿por qué no podía aceptarlo y continuar con su vida?

—¿Kairos?

Él se volvió y vio a Maria junto a la puerta. Él había estado evitándola desde la fiesta de aniversario y ella se lo había permitido.

—¿Theseus necesita algo?

—*Oxhi*. Está descansando —Maria se miró las manos—. Me gustaría hablar contigo. ¿Tienes unos minutos para mí?

—Por supuesto —dijo él.

Kairos le sirvió un vaso de agua y lo dejó sobre la mesa auxiliar.

—¿Está todo bien? —preguntó.

—No. No lo está.

—¿Qué puedo hacer para ayudarte?

—¿Todavía me ayudarás, Kairos?

—Por supuesto, Maria. Solo tienes que pedírmelo.

Ella se rio.

—Theseus tiene razón. Soy una tonta.

—Maria, sea lo que sea, puedes decírmelo sin dudar. Comprendo lo difícil que esto debe de ser para ti. Y todo lo que pidas para Helena, te prometo que intentaré conseguirlo. Excepto... no puedo permitir que siga siendo parte de la empresa. Tengo que hacer lo mejor para el negocio. Para Theseus y para ti.

Ella lo miró y se sentó, invitándolo a que la acompañara.

Kairos se percató de que tenía los ojos llenos de lágrimas.

–Está muy enfadado conmigo, pero era lo que había que hacer.

Él le agarró las manos.

–Maria, ¿de qué estás hablando?

–¿Te lo puedes creer? En cincuenta años de matrimonio, hoy ha sido la primera vez que no me ha mirado. La primera vez que me ha dicho que está decepcionado conmigo. Se avergüenza de mí y me lo merezco.

–Theseus y tú nunca discutís.

–Le he contado todo. Todo lo que Helena ha hecho. Todo lo que le había ocultado a él. Todo lo que ella había mentido. Sobre el embarazo. Sobre la adquisición de la empresa. Sobre mi papel en ella. Sobre todo lo que ella pensaba hacer para desacreditarte.

–¿Cómo? –preguntó él sorprendido–. ¿Theseus está bien? ¡Maria! ¿Qué pretendías conseguir excepto arriesgar su salud? Lo último que necesita, justo cuando se está recuperando, es enterarse de que tú...

–De que lo he traicionado –lo miró–. De que te he tratado fatal.

–No. Tú siempre has sido amable conmigo –Kairos se levantó, incapaz de mirarla a los ojos–. Theseus me trajo a casa y tú me recibiste con los brazos abiertos. Me animaste cuando pensé que nunca podría olvidar mis sucias raíces. Me lo diste todo, Maria. Más de lo que me merecía.

–Pero no te quise como se debe querer a un hijo. Cuando me dijo que quería criarte, y que a partir de entonces serías nuestro hijo, le prometí que te querría como a un hijo de verdad. Y no lo hice. Era débil. Y permití que me cegara el amor que sentía por Helena.

–No me debes ninguna explicación.

–Necesito dártela. No solo os he decepcionado a Theseus y a ti. También a mí.

Él notó que se acercaba y se le formó un nudo en el estómago.

–Ella es tu hija. Nunca esperé que yo fuera lo mismo para ti. En serio, lo comprendo.

–Era tu derecho tenerlo todo, Kairos. Es tu derecho que te quieran de manera incondicional. Es lo que prometí cuando te trajimos a casa con nosotros. Siento haberlo olvidado. Eres todo lo que Theseus dijo que ibas a ser. También eres mi hijo, y siento mucho cómo me he portado.

–Por favor...

–¿Me perdonarás, Kairos? –preguntó sollozando.

Kairos la abrazó.

–Shh... Maria. No soporto verte así. Te perdono. Por supuesto que te perdono. He tenido la suerte de tener dos madres. Maria, nunca me di cuenta de lo afortunado que era. Yo... cálmate, no soporto verte llorar. Yo todo lo hice para protegeros de ella. Y nunca quise nada que le correspondiera a ella. Solo quería que os sintierais orgullosos de mí. Solo quería... –se obligó a decir las palabras– vuestro amor.

Ella lo miró con tristeza.

–Lo sé, Kairos. Y sé que nos has querido más que a nadie en el mundo.

Maria movió unos papeles que había sobre el escritorio.

–¿Qué es esto? ¿Trámites de divorcio? ¿Valentina y tú os vais a separar? Creía que se había marchado porque echaba de menos a sus hermanos. Le prometió a Theseus que lo vería en Navidad. Ella...

–Me dejó antes de que yo regresara, antes de que Theseus sufriera el ataque al corazón.

–Dijiste que solo había sido un malentendido. Entonces, ¿para qué la has traído? Ah, para decirnos que ya estabas emparejado –lo agarró del hombro–. ¿Ella quería marcharse cuando tú terminaras con esto?

–No. La eché yo.

–¿Y ella te hizo caso? Me extraña. ¿Por qué la echaste?

–Por su bien. Valentina es como una tormenta que destroza todo a su paso, en el buen sentido. Yo no tengo nada que ofrecerle. Se merece a un hombre mejor que yo.

Maria le agarró la mano.

–¿Un hombre más honrado y amable, Kairos? ¿Un hombre que pueda amarla más de lo que tú la amas?

–La he rechazado demasiadas veces. Le he hecho daño una y otra vez. No sé cómo amarla, Maria. No sé si puedo darle lo que necesita. No sé si podría soportarlo si ella dejara de quererme. Entonces, me destrozaría.

Maria lo abrazó como una madre, y el miedo y la angustia que llevaba semanas conteniendo lo desbordó.

–Kairos, confía en ti. Y en el amor que ella siente hacia ti.

Él asintió con esperanza. Su esposa tenía un gran corazón. Y él debía correr el riesgo más grande de su vida, si quería tenerla a su lado.

–¿Qué te parece si hacemos un pacto? –preguntó Maria–. Ambos seremos valientes y pediremos perdón a los que amamos, ¿te parece?

Él se rio y la besó en la mejilla.

–Seremos valientes gracias al amor. Juntos –susurró él.

Ella asintió y lo besó en las mejillas.

–No te mantendrás alejado otros siete años, ¿verdad, Kairos?

–No. Esto no es un adiós, Maria. Valentina y yo vendremos a pasar la Navidad.

Ella asintió y lo abrazó una vez más. En sus abrazos, Kairos encontró la fuerza que necesitaba.

La fuerza para amar a la mujer que le había robado el corazón hacía mucho tiempo.

Capítulo 14

TRES SEMANAS más tarde, cuando Kairos entró en Villa De Conti, en las inmediaciones del lago Como, se encontró con toda la familia sentada alrededor de la mesa. Todos lo miraron con una mezcla de rabia y desconfianza.

Todos menos Isabella, la pequeña hija de Leandro, que enseguida se lanzó a darle un abrazo.

–Hola, Isabella –dijo él.

Sophia lo miró un instante y se levantó para darle un abrazo.

–No voy a preguntarte cómo estás –le susurró al oído–. Tienes un aspecto horrible.

–Ya sabes de lo que ella es capaz.

–Te lo mereces.

De pronto, el pánico se apoderó de él.

–¿Crees que tengo una oportunidad, Sophia?

–Eso te lo dirá ella, Kairos.

–Te sienta bien estar casada –le dijo él con una sonrisa.

Ella se sonrojó y regresó a la mesa, junto a su marido.

–¿Qué diablos quieres ahora? –preguntó Luca desde la cabecera.

–Quiero hablar con mi esposa.

–No está aquí.

–Mientes. Y no vuelvas a interponerte en mi camino.

Se hizo un silencio en la mesa.

–¿No crees que ya le has hecho bastante daño? Por no decir que la pusiste en peligro al permitir que esa mujer se acercara a Tina.

Kairos se acercó y lo agarró por la camisa.

–¿De qué diablos estás hablando?

–Helena vino a ver a Valentina al trabajo y le montó una escena. Por suerte, yo estaba allí y creo que Tina consiguió hacerla entrar en razón. Creo que no eres adecuado para ella. Solo le has causado sufrimiento.

Kairos decidió ignorar a Luca y se acercó a Leandro.

–Llevo tres semanas intentando verla. Contactar con ella. Es mi esposa. Deberíais haberme informado de que Helena había venido.

–Tina nos lo prohibió –intervino Sophia.

–Ella no quiere verte –dijo Leandro–. Y yo no me arriesgaré a perderla otra vez, ahora que ha regresado a nuestras vidas.

–No te pido que intervengas, te pido que te mantengas al margen. Es mía y yo la protegeré.

Todos lo miraron asombrados.

Alexis, la esposa de Leandro, se encogió de hombros.

–Tiene razón, Leandro. Sigues protegiéndola.

–¿Te has percatado de la expresión que adquieren sus ojos cuando cree que nadie la mira? –preguntó Luca.

–Sí, Luca. Todos la hemos visto. Y eso indica que

le dará a Kairos una oportunidad. Todos cometemos errores –respondió Sophia.

–No el mismo en dos ocasiones –manifestó Luca.

–Está en el jardín –añadió Alexis–. Y tiene un invitado, así que a lo mejor quieres esperar.

–¿Quién es?

–Ethan King –dijo Luca con una sonrisa, hundiendo el puñal en Kairos.

–Ha venido a hablar sobre la posibilidad de invertir en su nueva boutique –intervino Sophia en ayuda de Kairos.

Kairos ya había oído bastante. Se dirigía hacia el jardín cuando Izzie, la pequeña, comentó:

–Ya no están en el jardín. Los he visto subir hacia la habitación de Valentina.

Valentina acababa de sentarse en el salón de su suite para mostrarle a Ethan las cifras de su empresa. Al mover la mano tiró la copa de vino que le había servido antes.

Maldiciendo en silencio, limpió el sofá, y estaba a punto de darle la servilleta a Ethan cuando se abrió la puerta de su dormitorio de golpe y apareció Kairos.

Valentina retiró la mano rápidamente y se arrepintió. Él no tenía derechos sobre ella. Y tampoco había hecho nada para sentirse culpable.

–Me gustaría hablar contigo –dijo él–. En privado.

–Ahora no puedo –repuso ella–. Ethan se marcha a los Estados Unidos dentro de una hora. Llevo semanas esperando la oportunidad de hablar con él.

Kairos miró el ordenador y después a ella.

–Tómate el tiempo que necesites. Te esperaré fuera.

Valentina trató de concentrarse en las cifras y en la propuesta de negocio que había creado con Sophia, pero no lo consiguió.

Kairos nunca había esperado por ella. Nunca la había mirado ofreciéndole su corazón.

Finalmente, ella se disculpó ante Ethan y él se marchó.

Kairos entró de nuevo en la habitación. Parecía muy cansado. Ella deseó abrazarlo, amarlo, ofrecerle el consuelo que seguro que necesitaba, pero él no se lo permitiría. La necesitaba, pero nunca lo admitiría.

–¿Por qué siempre tengo que perseguirte, y encontrarte con un hombre en una situación íntima?

–Quizá deberías preguntarte por qué me haces huir de tu lado.

–Me alegro mucho del éxito que tienes, Valentina.

–Te lo debo a ti.

–Las prácticas con Chiara...

–No, fue tu crítica acerca de que no estaba haciendo nada con mi vida. Quería demostrarte que estabas equivocado. Y me di cuenta de que soy buena en esto. Hiciste que me diera cuenta de que mi valor como persona no depende de si triunfo o fracaso. Que soy como soy, y que, si no eres capaz de amarme, el que pierde eres tú.

Ella dio un paso atrás, pero él la agarró.

–No te alejes de mí, Valentina.

–¿A qué has venido, Kairos?

–Primero, dime que Helena no te ha hecho daño.

–No me ha hecho daño. Entró en el estudio cuando estaba grabando un programa. Empezó a decir que tú la habías echado y que te lo haría pagar. Que sabía cómo hacerte sufrir. Yo no pude soportarlo y le di una bofetada. Le dije que le contaría a Theseus que...

—Te quiero.

Ella lo miró en silencio.

—¿Qué has dicho?

—*S'agapao*, Valentina. Tanto que me asusta. Tanto que no puedo comer ni dormir.

Se arrodilló frente a ella y Tina pensó que estaba alucinando. No era capaz de pronunciar palabra.

Hasta que él la abrazó y apoyó el rostro en su vientre. Era real Él estaba besándola en el vientre.

—Estoy loco por ti. Me encantan tus sonrisas, tu gran corazón. Me encantan tus piernas, tus pechos, tu piel. Y, sobre todo, te quiero. Sé que me quieres, y me encanta tu manera de luchar por aquellos que quieres. Me gusta que me hagas ser un hombre mejor, que llenes mi vida de color.

Tina se rio y él se incorporó para abrazarla y besarla de forma apasionada. Ella comenzó a llorar y ocultó el rostro contra su cuello. Su aroma y el sabor de su piel la tranquilizaron.

—Shhh, *moru mu*. No llores. No volveré a separarme de ti. Fui un idiota al no comprender cómo me amabas. Y cómo te amaba yo. Un cobarde. Tenía tanto miedo de sufrir que no me daba cuenta de que llevaba amándote mucho tiempo —tomó aire—. Creo que empezó la primera vez que te vi. Llevabas un vestido verde esmeralda. Leandro te llamó y yo vi el amor incondicional en tu mirada. Creo que me enamoré al instante —le acarició la espalda y la besó en la sien—. ¿Valentina?

–¿Sí?

–Me gustaría oírtelo decir. Me muero de miedo al pensar que quizá te hayas dado cuenta de que no...

Ella le cubrió los labios con un dedo.

–Te quiero, Kairos. Siempre te querré. Me gusta saber que eres amable, maravilloso y muy generoso cuando se trata de orgasmos.

Kairos se rio, la tomó en brazos y la llevó a la cama.

La estrechó contra su cuerpo y la besó durante mucho rato antes de desnudarla. Ella estiró la mano y le suplicó:

–Ven a mi lado. Te he echado mucho de menos.

–No más que yo a ti –contestó él–. Hoy no puedo ir despacio... no quiero hacerte daño.

–No me lo harás. Confía en mí.

Él le besó los senos, el vientre, las piernas y toda su piel. Después, la poseyó con los dedos y le acarició el clítoris hasta que ella arqueó el cuerpo. Entonces, la colocó a horcajadas y la penetró.

Besándose despacio, hicieron el amor. Él solo deseaba estar en su interior, rodeado por su calor.

–Te quiero, Valentina –susurró él, antes de moverse más deprisa, antes de que el clímax se apoderara de él.

Horas más tarde, Kairos se despertó y estiró la mano en busca de su esposa.

Al encontrarla, se tranquilizó.

Después de haber hecho el amor por tercera vez, ella había bajado a la cocina para preparar una bandeja de fruta, queso y vino blanco y subirla a la habitación. Después de comer, él se acurrucó contra ella y dijo:

–Nunca voy a cansarme de ti. Nunca voy a dejarte marchar.

–Ni yo a ti –contestó ella–. Tendremos una gran familia, quizá cuatro o cinco hijos Serán escandalosos como yo y, entre todos, te volveremos loco.

–Suena de maravilla.

–¿Kairos?

–¿Sí?

–¿Sigues buscando trabajo?

Él se rio y la miró antes de besarla en la boca.

–Sí. Tengo algunas ofertas para limpiar casas, pero no me interesan. Podemos vivir donde quieras. No tengo prisa por volver al trabajo.

–No. Sé que estás ocupado, y eso está bien, pero quiero pasar tiempo contigo. ¿Tendremos esos cuatro o cinco hijos dentro de un par de años?

–Sí. Le dije a Maria que pasaríamos la Navidad con ellos –frunció el ceño–. Lo siento, tenía que haber pensado que tal vez preferías pasarla con tu familia.

–¿Qué tal si pasamos Año Nuevo con los Conti?

–Para entonces, quizá Luca y yo podamos aguantar juntos en la misma habitación.

Ella se rio.

–¿Has hablado con Maria?

–Ella le contó todo a Theseus.

Tina lo abrazó para decirle todo lo que no podía decirle con palabras. Después le acarició el cabello y suspiró.

–Tengo una propuesta para ti.

–Suena como algo importante –dijo él.

–Me gustaría vivir en Milán un tiempo.

–Valentina, podemos vivir donde tú quieras, siempre que estemos juntos.

–Leandro todavía está buscando un Director Ejecutivo. Él...

–*Oxhi!*

–Kairos, escúchame. Me dijo que eras el candidato perfecto. Él confía en ti. Y yo creo que, como marido de la heredera de los Conti, estás en tu derecho.

–Nunca he querido hacer nada que te haga dudar del amor que siento por ti.

–No lo harás. *Ti amo,* Kairos, y ningún trabajo que aceptes, ni ninguna mujer que te desee, hará que sea diferente.

Desbordado de alegría, Kairos aceptó la oferta de su esposa.

Y pensaba aceptar todo lo que ella le propusiera durante mucho tiempo.

Bianca

No tenía elección, tenía que casarse con él

BATALLA SENSUAL

Maggie Cox

Lily no había imaginado que su casero, que quería echarla de
casa, sería el atractivo magnate Bastian Carrera.
La hostilidad inicial los había llevado a un encuentro extraordi-
nariamente sensual cuyas consecuencias fueron sorprendentes.
Para reivindicar su derecho a ejercer de padre y a estar con la
mujer que tanto lo había hecho disfrutar, Bastian le pidió a Lily
que se casase con él. ¿Pero podía ser ella completamente suya
cuando lo único que le ofrecía era un anillo?

Acepte 2 de nuestras mejores novelas de amor GRATIS

¡Y reciba un regalo sorpresa!

Oferta especial de tiempo limitado

Rellene el cupón y envíelo a
Harlequin Reader Service®
3010 Walden Ave.
P.O. Box 1867
Buffalo, N.Y. 14240-1867

¡Si! Por favor, envíeme 2 novelas de amor de Harlequin (1 Bianca® y 1 Deseo®) gratis, más el regalo sorpresa. Luego remítanme 4 novelas nuevas todos los meses, las cuales recibiré mucho antes de que aparezcan en librerías, y factúrenme al bajo precio de $3,24 cada una, más $0,25 por envío e impuesto de ventas, si corresponde*. Este es el precio total, y es un ahorro de casi el 20% sobre el precio de portada. !Una oferta excelente! Entiendo que el hecho de aceptar estos libros y el regalo no me obliga en forma alguna a la compra de libros adicionales. Y también que puedo devolver cualquier envío y cancelar en cualquier momento. Aún si decido no comprar ningún otro libro de Harlequin, los 2 libros gratis y el regalo sorpresa son míos para siempre.

416 LBN DU7N

Nombre y apellido	(Por favor, letra de molde)

Dirección	Apartamento No.

Ciudad	Estado	Zona postal

Esta oferta se limita a un pedido por hogar y no está disponible para los subscriptores actuales de Deseo® y Bianca®.
*Los términos y precios quedan sujetos a cambios sin aviso previo.
Impuestos de ventas aplican en N.Y.

DESEO

*A aquel multimillonario no le iba el trabajo
en equipo... ¡hasta que la conoció!*

Tentación en
Las Vegas

MAUREEN CHILD

Cooper Hayes se negaba a compartir con nadie su imperio hotelero, y menos aún con Terri Ferguson, la hija secreta de su difunto socio, por muy bella que fuera. Estaba obsesionado con comprarle su parte de la compañía y con las fantasías pecaminosas que despertaba en él, pero Terri, aunque sí estaba dispuesta a compartir su cama, no dejaría que la apartara del negocio. ¿Hasta dónde estaría dispuesto Cooper a llegar por un amor que el dinero no podía comprar?

Bianca

Descubrió dónde se escondía su esposa desaparecida… ¡y el secreto que le ocultaba!

AMARGA NOCHE DE BODAS

Abby Green

El matrimonio entre Nicolo Santo Domenico y la heredera Chiara era de pura conveniencia… ¡hasta que llegó su apasionada noche de bodas! Pero, cuando Chiara se dio cuenta de que la razón por la que Nico la había seducido era tan fría como su corazón, decidió huir y no mirar atrás. Meses más tarde, Nico la localizó ¡y descubrió que estaba en estado! Para reclamar a su bebé, Nico iba a tener que hacer suya a Chiara… de verdad.